仕事着の哲学

湯浅洋一
YUASA Yoichi

文芸社

目次

▼第一章　エッセイ

【探究—哲学・数学】

【愛とは、幸福とは】

▼第二章　創作

▼第三章　詩篇

▼第一章　エッセイ

#【歴史と平和】

伊奘《いざ》氏の系譜

天皇家の歴史は神武天皇に始まる。神武天皇が即位したのは公式には紀元前660年とされ、52歳の時のことのようである。天孫降臨から180万年近くが過ぎていたという。神武天皇は橿原《かしはら》宮で天皇位（その当時の呼び方では、大王位と言うのだろうか）に即くことになったが、それまでは日向王家の皇太子であったらしい。日本書紀の巻第3を見れば15歳で立太子をした旨が書かれている。

神武天皇が即位する6年前から東征は始まっているが、神武天皇紀（日本書紀巻第3）には、中臣氏の先祖も出てくる。大伴家持や大伴旅人で有名な大伴氏、後に蘇我氏と戦って敗北する物部氏の先祖も登場する。神武天皇紀の主要部分はすべて事実だと思われる。

日向王家の先祖が天から降りてきたという家伝は、実際にあった事実だとは思えないが、そういう話が話として言い継がれてきたであろうことは、昔話のことであるから、あるいはあったかもしれない。話には尾ひれが付くものだ。

この日向王家に代々伝わっていた神話が、いわゆる日本神話であろう。古代人はギリシア神話や旧約聖書を見ても分かるように、神話の形で説明を受けるのが最もよく理解できたもののようである。

古代人には通用した神話が、現代人にも通用するかどうかは大いに疑問であるが、少なくとも日本神話もギリシア神話や旧約聖書と同等の存在価値を主張することはできるであろう。その内容も文学的に興味深いものがある。神話体系を基に宗教を成立させることもあり得るかもしれない。

そこで問題となるのが、天皇家の前身である日向王家は何氏と言うのだろうか、ということである。

日本神話では、伊奘諾尊《イザナギノミコト》と伊奘冉尊《イザナミノミコト》が共同で日本を創ったとされているから、この言い伝えにちなんで、日向王家を仮に伊奘《いざ》氏と名付けておこう。つまり、伊奘氏の血筋が出産の事実を通して世襲してきたのが日向王家であり　日本書紀にも記されているごとく幼名を狭野尊《サノノミコト》と言われた、後の神武天皇に受け継がれるに至ったと考えるのである。単なる伝承に根拠付けるのではなく、天皇制の源流を日向王権に求める考え方である。

もちろん、日本書紀で言う神武東征が行われた当時、王権は日向王権だけではなく、出雲王権や吉備王権などもあったであろう。琉球王権もあったのかもしれない。それらの各王権が対等の立場でひしめき合っていたのであろう。神武東征の結果、私の言う伊奘氏が日向王権を拡大強化し、一頭地を抜きん出て別格となった。それが天皇制（当時は、大王制と言ったか？）の成立する下地になった、と考えられる。

ところで、男の神が「諾」（ナギ）、女の神が「冉」（ナミ）とつくのはなぜなのだろう？ この点について私は、海との関連を考える。海の状態は、海面が凪いでいる時と波が立っている時の2通りしかない。凪いでいる時には漁に出、波が立っている時は陸で木の実を拾う。あるいは、猪の肉を求めて狩猟に出たかもしれない。

この伊奘氏は、縄文時代は狩猟ではなく、漁労を主体として生活を営む王族だったのではないか？ 海の王族だったからこそ、「諾《なぎ》」と「冉《なみ》」という文字が、男性と女性に配されたのではないだろうか。

こう考えると、魏志倭人伝の「倭人、沈没して魚を取る」という記述と調和が取れてくるように思われる。

それに、「漁火」をなぜ「いさりび」と読むのだろう。古代では、「いさ」も「いざ」も同じ字を書いたようであるから、互いの流用は可能だったようだ。これも、漁業が伊奘氏の得意業《とくいわざ》であった痕跡ではないか？ 蘇我氏や物部氏はどうであったのか知る由もないが、伊奘氏は漁労王族であったように考えられる。

天皇位と太閤秀吉

日本の正史『日本書紀』は、次の一節から始まる。

日本書紀　巻第一

　神代　上

古天地未レ剖、陰陽不レ分、渾沌如二鶏子一、溟涬而含レ牙。及二其清陽者、薄靡而為レ天、重濁者、淹滞而為一レ地、精妙之合摶易、重濁之凝竭難。故天先成而地後定。然後神聖生二其中一焉。

その読み下し文は、

「古《いにしえ》の天地《あめつち》未《いま》だ剖《わか》れず、陰陽《めを》分《わか》れず、渾沌《こんとん》にして鶏子《とりのこ》の如《ごと》く、溟涬《めいけい》にして牙《きざし》を含《ふふ》めり。其《そ》の清陽《せいやう》なる者《もの》は、薄靡《たなび》きて天《あめ》に為《な》り、重濁《ぢゅうだく》なる者は、淹滞《とどこほ》りて地《つち》に為《な》るに及《いた》りて、精《せい》妙《めう》の合摶《がいせん》すること易《たやす》く、重濁の凝竭《ぎょうけつ》すること難《かた》し。故《かれ》、天《あめ》先《ま》づ成《な》りて地後《つちのち》に定《さだ》まる。然《しか》して後《のち》に神聖《しんせい》其の中《なか》に生《な》れり。」

（『新編　日本古典文学全集2　日本書紀（1）』小学館　1994年）

である。

最初の文節は、中国の神話伝説を借りて、天地の始まりはこういうものだと一般論として述べている。『旧約聖書』の創世記のようなものだ。ただし、創世記とは違って、日本書紀は「一書《あるふみ》に曰《いは》く」として、できるだけ客観性を保とうとしている。

次いで、日本でも天地の開始の時にこういうことであった、と続く。そして、国土三神、国常立尊《クニノトコタチノミコト》、国狭槌尊《クニノサツチノミコト》、豊斟渟尊《トヨクムヌノミコト》が化成したとする。以後、天皇制以前の神統譜が続く。それを略記すれば、以下のようになる。

神統譜

神世七代
国常立尊（神世一代）
途中五代省略
イザナギ・イザナミ（七代）
続いて
アマテラス（天神、女性）
オシホミミ
ニニギ（天孫降臨、皇孫）
ホホデミ（山幸彦）（『古事記』ではホヲリ）
フキアヘズ

以下、皇統譜に入る
神武天皇（四男）　第一代天皇
綏靖天皇（三男）　第二代天皇
安寧天皇（長男）　第三代天皇
以下省略

天孫降臨として、高天原から九州の高千穂峰に天降《あまくだ》ってきたのは、ニニギノミコトであり、天照大御神《あまてらすおおみかみ》の孫である。ニニギノミコトが一人だけで降り立ったのではなく、京都の時代祭りみたいにして降りてきたのであろう。

ただし、これらは言い伝えであり、実際にあったこととは思えない。いわばおとぎ話であり、5歳の子どもならともかく、しっかりした大人が信じるほどの内容ではない。今の子なら、ニニギノミコトが乗っていた宇宙船はどんな形だっただろうとか、イオン電池で燃料を逆噴射させて降りたのだろうか、とかさぞかし教室が騒がしくなることだろう。

いずれにしても、天皇がトップとして君臨していたこの日本に、豊臣秀吉という実力者がメキメキ頭角を現し始めた。彼は百姓出身だった。自分のように簡単に百姓から武士になれると都合が悪いので、彼は後に、刀狩や検地を行っている。

当時の天皇は、第107代後陽成天皇であった。秀吉から莫大な金品を贈られて、天皇や朝廷は財政窮乏から脱することができた。秀吉は天正13（1585）年に関白に、そして翌年には太政大臣に任じられた。そうした官位官職は名目的であっても天下人の地位には必要なもので、下から上まで自分の実力一本でのし上がってきた秀吉といえども、天下人になった暁には、無冠の帝王というわけにはいかなかった。天皇から日本の最高位に任じられることにより、名実ともに天下人となるのだ。天皇は統治権は持たないが、統治権を行使する天下人にお墨付きを与える名誉権を握っていたのだ。この名誉権は案外に堅く、下から上まで知っていた秀吉においてもやはり自《みずか》ら天皇になることはなかった。

名誉権とは一種のブランド価値で、刑法で「名誉棄損罪」と言う場合の、あの「名誉権」である。人に名誉権があるように、国にも名誉権がある。国全体の名誉権は、国民全員の承認により「天皇」に属するが、その名誉権を行使する行為が、天皇の国事行為なのだ。一昔前、『国家の品格』という本がよく売れたが、その国家の品格の中心を成すのが、この名誉権なのである。国に名誉権がなければ、日本は山賊国家と変わらぬムサクルしい国家と成り下がるであろう。海賊国家となっても、うるさい小判鮫がくっついてくるに相違《ちがい》ない。

明治憲法下の天皇制は、輸入ものの皇帝制だった。神聖ローマ帝国皇帝を彷彿《ほうふつ》させる君主制であった。天皇の持つ大権の中身は、統治権、立法権、統帥権等の総体であり、こんな分厚い天皇制は、日本史上かつて存在しなかった。たとえ、こんなに分厚くしても、たとえば同時代人であった昭和天皇とヒトラーやスターリンとの間の外交交渉において、腹芸が可能であっただろうか？　やはり、ヒトラーやスターリンのほうが格式にとらわれず、微妙な暗合が2人の間では成立しやすかったであろう。こうした点を見れば、戦後の天皇の「象徴化」は不可避の成り行きだったものと思われる。

いずれにしても、江戸幕府等は万世一系の天皇が統治していたわけではなく、将軍が統治していたのであり、しかも現代の軍事幕府とも称すべき軍部は、関東軍を使って、満州国やその他の勢力圏を一円支配した。やはり、軍人は武士の後釜《あとがま》であるから、幕府を形成しやすいもののようだ。国民がその点を警戒して、自衛官をいつまでも令外《りょうげ》の官《かん》とするのであろう。

明治憲法下の天皇制は、日本の国情に合わない。やはり、平安時代の天皇制こそ、天皇制の頂点であった。正式に御名御璽《ぎょめいぎょじ》の付された戦後憲法は、皇室を国政から切り離すことによって、皇室を安全カプセルという宝箱に納めた。

年が明ければ平成31（2019）年。4月30日には平成の御代は終わり、翌5月1日には新天皇が即位される。晴れて、皇太子御夫妻は、天皇という男性の最高位、皇后という女性の最高位に即《つ》かれるのだ。皇后とはいわば準天皇であり、摂政として天皇の職務を代行することもあり得ることは、『日本書紀』の「巻第9　神功《じんぐう》皇后」を見るまでもない。皇后位は、天皇位の合わせ鏡なのだ。

辛酉《しんゆう》革命という、本来の意味の革命により神武天皇の即位があり、各豪族のトップが持つ連合王権から神武単独王権へ王権の移動があって以来連綿として続いてきたこの日本の国を、絶滅させるようなことがあってはならない。何しろ、原爆戦争とは、$E=mc^2$という途轍《とてつ》もないエネルギーを放出し合う戦争なのである。cとは光速のことで30万キロメートル／秒を指すから、発生するエネルギーは、

$E=(3\times10^{10})^2\times$質量数$=(9\times10^{20})\times$質量数　ジュール

にも及び、そこへできるだけ質量数の大きいウランやプルトニウムという元素を使って、莫大なエネルギーをさらに巨大化させるという念の入れようであるから、さぞかしこの爆弾は、たくさんの人を殺すことができるだろう。この原子爆弾を宇宙空間にも繰り広げようというのだから、人間という者はよほど殺し合いが好きらしい。ただ単に核抑止力（相手に核を使わせないための抑《おさ》えの力）だと言っても、これほど度外れた兵器がこんなにたくさん本当に必要なのだろうか？　殺し合いが好きなことは、太古の昔からであるが、この宇宙時代になっても少しも変わってはいない。これは人間の本性《ほんしょう》なのであろう。

A国の核抑止力に対して、B国もA国より大きな核抑止力を持とうとするだろう。それを見たA国はまたB国より大きな核抑止力を持とうとする。それに対し、B国もまた、より強大となったA国より大きな核抑止力を持とうとする。A国とB国との間で限りなく、「核抑止力ゲーム」が続く。この脅迫合戦は、全く子供じみた暴力の誇示でしかない。「俺に

はこんな棒があるぞ」「へん、わしの棒のほうがもっと長いぞ」というようなガキの世界だ。「核抑止力」なんてもっともらしい言葉を使っているが、要するに、「どちらが腕っ節《ぷし》が強いか、いい齢《とし》をして腕を見せ合っている」ようなものだ。いつまで同じことばかりやっているのだ。こんな政治実務などやりたいとは思わない。自分が阿呆みたいに思える。もう少しましな知恵はないのだろうか。

ともあれ、やはり太閤として位人臣《くらいじんしん》を極めた秀吉も、天皇家の家柄の由緒正しさには一目置かざるを得なかったもののようである。これが、日本の格式というものであろう。

【経世済民】

鬼火

この頃、親子関係のトラブルがよく起こる。昔は、子が親に反抗し、親がそれにじっと耐えるというパターンが多かったが、今は逆に、親が子を虐待してなかには子を殺害してしまうケースまである。家庭内暴力の形がすっかり変わってしまった。

学校内暴力も、相変わらず数多い。これはいじめとして、以前より陰湿化している。生徒間のいじめは、言語に絶する。幼いなら幼いなりに巧妙ないじめ方をする。教師は生徒を、生徒は教師を全然信頼していない。こんな、何の信頼感も通い合わない場所で、国語がどう、理科がどう、などと言ってみても、一体何の意味があるのだ。偏差値がすぐれていると言ったって、それがどうしたと言うのだ。偏差値が高いだけの人間などしょせん、大学に入るまでの間しか通用しない。大学を卒業して社会人になれば、偏差値の高さなど何の価値もなくなる。「高卒で何が悪い！」

会社の格や仕事の難易、男女の違いや地位の高さ（したがって権力の強さ）がどうだというのだ。パワハラやセクハラなど逆手に取ればよいのだ。何がしかの弱点があったって、こちらにも自分に対する誇りというものがある。自分の価値は自分だけが知っている。決して大学の格や家柄などで決まるものではない。自分の周辺事情だけで自分そのものの価値まで決められても、素直にそれを受け入れるわけにはいかない。周囲に、色目を絶えず使うわけにはいかないのだ。

それにしても、この平成30年3月に東京都目黒区で起こった、5歳にすぎない幼女の虐待死はあまりにも哀れだった。そこには、やむにやまれぬ特殊事情もあったのであろうが、自分の血を分けた我が子ではないか。我が子を虐待するのを見せられるだけでも周りの人は顔をしかめるのに、殺してしまうなんて、ほとんど考えられない。親と子の間に愛情の行き来はなかったのだろうか。家族というものは、何よりも尊い絆なのではないのか。

　家族愛は、すべてに先立つ。郷土愛も、家族がそこで一緒に生活していたから生じるのだし、祖国愛（愛国心）も、自分と家族（すなわち世帯）の生活を国が保障してくれるからこそ湧き起こるのである。国が生活保障を具体的にしてくれないのであれば、そんな国など掃き捨てるまでのことだ。世間とは、そういうものである。教育勅語を有り難がった素朴な時代は、とうに過ぎ去った。今は、自己教育の時代なのだ。

　別に、天皇はローマ法王ではない。一人の国王である。それ以上でもそれ以下でもない。スウェーデン国王やオランダ国王と同じく、日本国王天皇陛下という、ただそれだけのことだ。

　親が子を虐待する時、子が愛情を求めているのにそれを足蹴《あしげ》にするのだから、親にその子への愛情は一カケラもない。このとき、親の心を動かしているものは鬼である。西洋人は悪魔だとか悪霊だとか言うであろうが、そんな合理的に割り切れるような生《なま》やさしいものではない。善悪を一つにした、愛と憎しみの入り交じった複雑な深層心理が作動している。偽りの愛に灯った火、それはまさに鬼火である。鬼が灯した火である。子は純真だから、それを真の愛と思うのだ。ここに親と子の不条理が存在する。

　鬼火は、ちろちろした火から遂には燃え上がり、めらめらと周りを燃やし尽くす。だが、その同じ鬼火が鬼自身をも焼き尽くすことになるだろう。そうなるに相違《ちがい》ない。

お父さんとお母さんの愛を結んだ結愛ちゃんは、東京都目黒区で全5年の生涯を閉じた。

今年（平成31年）になって発覚した千葉県の小学4年生の女児死亡事件も、同じような事件だった。父親を主犯とする小さな娘の殺人である。なぜこのような痛ましい悲惨な事件が次から次へと起こるのだろうか？

結愛ちゃんと心愛ちゃん、奇しくも2人の名前にはどちらも「愛」という字が使われている。「愛」という日本語にどのような言霊《ことだま》が宿っているのだろうか？　精神医学にその秘密を解くカギがあるように思えてならない。

ある商品論

マルクスによれば、資本主義社会は巨大な商品の集積体として現れるとのことである。現在の日本は、確かに数多くの商品（＝商いの品）が店頭に所狭しと並んでいる。カネさえ出せば何でも手に入るほどである。会社制資本主義は無数の便宜を人々に与え続けてきた。それは厳然たる事実である。

日本の歴史をたどってみても、このように急激に生産力が増大した時代は、この近代・

現代を除いてほかにはなかった。縄文時代・弥生時代はもとより、飛鳥時代や奈良時代、平安時代にもこんなに盛んに商品生産が行われていたと考えるのは常識はずれともいうべきものであろう。

鎌倉時代や室町時代、それに戦国武将の時代を経て江戸時代に入っても、商品があり余るほど市場に出回ったということは聞いたことがない。江戸幕府の時代に若干生産力が上向いてきた感はあるが、明治維新を経た後の生産力の増大にはとても太刀打ちできないものと思われる。

明治の元勲が推進した産業政策は、日本経済に産業革命を誘発し、日本の会社制資本主義に大輪の花を咲かせることとなった。そしてやがて、マルクスの言うように、巨大な商品の集積体を市場の上に築き上げることになったのである。その結果、我々消費者は自由とレジャーを満喫することができるようになったというわけである。

したがって、商品の分析に従事するということは、我々消費者の便宜の元を探ることでもあり、また他方で会社員として働く昼間の労働生活に意味を与えることにもつながっていくと思われるのである。

今まで「商品」と言えば「モノ」あるいは「コト」（手数料など）のことであったが、ＩＴやＡＩなどの電子頭脳を使うようになった今日の電子社会では、こうした事物商品は時代遅れとなり、電子の力を扱う商品（たとえばパソコンなど）が主流となっている。そこで、従来の古い商品分類をドブに捨て、新しい商品分類を採用する。すなわち、商品をダイナミックなチカラの塊《かたまり》と考え、事物商品ではなく、チカラ商品として考えていく。たとえばパソコンという商品は、単なる物理的機械または物理的装置といった考え方ではなく、電子による計算力の塊《かたまり》（すなわち電子計算機）と考えるのである。このような発想の転換に従えば、従来式の商品概念は不用となり、それに付着していた「使用価値」がどうの、「価値」がこうのといった議論はすべてドブの底に沈むことになる。

以上のような考え方を、私は力動的商品理論と名づける。

経済学の分析対象は、人間の経済的活動全般であるが、貸し借りを今（　）に入れて、売り買いのみに限定して取引対象（＝商品）を分類すれば、商品の基本分類は次のようになる。ただし、力動的商品理論として考えるのだから、事物商品としてではなく、チカラ商品として分類していくことになる。たとえば、性商品を肉体力商品として把え直すようなものである。

商品の基本分類

消費財　生活力商品（経済力の象徴）
生産財　生産力商品（原材料・中間半製品・機械等）
土地　原動力商品（居住用宅地または事業用宅地）
人力商品　労働力商品（新卒の労働市場等）

貨幣商品　購買力商品　（ドル相場等）

株式商品　営業力商品　（株式相場・営業権等）

以上、チカラ商品として6種類の基本商品（M・ウェーバーの「理念型」）を今のところ指定する。

その実際取引での具体的な形は、性商品のほかに、電力商品や防衛力商品、その他暴力商品（闇市場というものがあるのだろうか？）まで含まれる。もちろん、その他チカラ商品と把え直すことができるものは数多い。

ダイナミックな商品として、市場にある現物商品を眺めるなら、以上のような把え直しが可能である。

こうした商品を市場に投入した結果が決算書に表れる。

それでは決算書のうち損益計算書を見る場合、どのように見ればよいのだろうか？

大まかに言って2通りある。

一番上の売上高から下へ経常利益まで一覧するときもあれば、下方の利益から一番上方の売上高まで見通していくときもある。経営戦略を決定するとき、会社の取締役会はどこの何を見ているのだろうか？

恐らくこの時、経営力の差がただちに現れるのであろう。

簿記を知っている人はある程度想像しているかもしれないが、ある商品の売価を決定する取締役会では、市場に投入しようとする商品の売価は、市場で均衡する商品価格を予想して、それまでかかった原価合計との比較を実行することによって秘かに決められる。（競争他社に真似られるのを阻止するため）その売価に販売予定数量を掛けて売上高の予想を立てるのである。もちろん、その予想通りの売上高にピッタリならないのは当たり前である（神様ならぬ経営者が、事前に一円単位まで予測することができるだろうか）が、大体の基本線はそのようになることが多い。

商品価格があらかじめ決まっていれば、売上高の予想は立てやすいかもしれないが、この商品価格に近い価格は何しろ今日以後いつ市場に姿を現す数値か不明であることが多いから、価格決定会議では、ある程度の裁量幅の中で一定の価格帯を決めるのであろう。つまり、取締役会で詰める価格政策は、基本的に自由裁量に基づくものなのである。だから、この価格政策の読みを誤れば、当然会社は責任を負わなければならなくなる。これが経営責任（あてがはずれたことの責任）を問われる場合の一つである。

生産過程でかかった原価は、材料費・労務費・経費に区分して整理し、集計する。中でも最近では、経費、それも外注費と特許権使用料が重要であろう。外注費は日本では重要であろうが、外国ではどうか？　特許権使用料は最近特に重視されてきている費目である。海賊版が出回っているということは、逆読みすれば、新鮮なアイデアがいかに重要であるかが読み取れるのである。知識の中古品など欲しいと思う者は誰も、一人としていないからである。材料費や労務費は、ほとんど機械的に決まってくる費目なので、経営戦略の策定上、何ら特筆すべき問題点はない。

流通過程では、販売費や一般管理費がかかってくるが、節約を旨とすべきこと以外何も注意すべき点はない。

これら2つの過程、生産過程と流通過程でかかったコスト（=製造原価と営業費用）は売上によって吸収され、市場から回収を受けて（売上代金を受け取って）残った部分が営業利益となるのである。それが、損益計算書上、一番上の売上高から営業利益まで降りてくることの意味である。

生産・販売の裏には、もちろん支払いや受取りがあるわけで、生産過程や流通過程の裏側には回収過程がある。この回収過程がスムーズに機能するためには、若干の決済資金のプールも必要で、ここで作用する銀行の役割を見落とすことができない。くれぐれも銀行の取引停止処分を受けることのないように気をつけてほしい。会社の運転資金の状況に目を配るには、キャッシュフロー計算書に目を光らせる必要がある。資金繰りには特に気をつけなければならない。思わぬところで資金ショートを起こし、黒字倒産に陥ることもあり得るからである。

営業利益から下は、本来の会社の営業活動を離れて、会社の余剰資金を運用する経済活動すなわち投資活動などの財務活動を反映している部分である。余剰資金を遊ばしておくのではなく、たとえば国債や他の会社の社債を買ったり、他の会社に資金を貸し付けたり、あるいは他の会社の株式を買い取ったりして財務活動を行っていく会社の常態的な営利性を表している部分である。ここの部分は、もし会社に余剰資金が生じれば、の話であるから、会社の利益を上げる作戦会議にとって大して重要な意味を持つものではない。戦国大名なら、ついでに言っておくというほどの重みしかないものである。こうして、営業外にある収益や費用をも考えに入れた上で経常利益が算定される。最初期の経営会議は、この経常利益までの数字についての議論が主《おも》であろう。

なお、ベンチャー企業を立ち上げるときの注意点の指摘も兼ねて、損益計算書の読み方を今一度記しておく。

損益計算書は、一番上の欄の売上高から始まって、上から下へ整然と数字の並んでいる表である。売上総利益とは、すべての売上高からその売上原価合計を引いた後の、売上の利幅の合計であり、そこから営業経費を引けば、営業利益が出てくる。この営業利益までで、会社の本来的な営業活動の成否が分かるのである。ここで言う営業活動とは、会社が行っている製造活動と販売活動そして事務補助のすべてを指す。

この営業活動の成果（＝営業利益）から、営業活動以外のルーティンワークである財務活動に関する収入と支出を加算したり減算したりして、経常利益を計算するのである。もちろん、経営者が会社を経営していくに際し、銀行からカネを借りて、その利息を銀行に支払わなければならないときは、その支払利息もこの経常損益計算部門に収容される。

売上高から始まって、だんだんと下に下がっていくにつれて、会社の本来的な計算から周辺的な計算へ移っていく、という計算システムになっている。

ではベンチャー企業の勇士たちよ、諸君の健闘を祈る。わざと損をする経営者はいない。赤字が出ればすべて自分の責任だと思いなさい。

戦国経済の時代を生き抜くための「風林火山」の軍旗は、高く掲げられた。いざ出陣!!

経済のしくみ

一般に、経済は物の流れ、金《かね》の流れ、そして人の流れから成っている。物の流れとは、物を仕入れてそのまま売るか、または他の物を作ってその作った物を売るかという違いはあるが、要するに価値を取引する活動であって、それは人体の活動で言えば、仕入れた材料を消化し、体内の栄養素やエネルギーに転化することを通じて外界への働きかけに役立てるという、一種の変形過程を伴う点で、よく似ている。

材料を仕入れてそれを変形し、最終的に製品として売りに出すことによって、貨幣という別種の価値体に転形させる製造活動は、会社という人体の、消化器系の働きであると言えなくもない。その物の流れを良くしているものが、言わずと知れた金の流れである。つまり、金の流れは、会社の消化器系をスムーズに動かすための循環器系を通っているのである。経済を活発化させるための血液の流れが金の流れであるとは、よく言われている比喩である。事実、資金ショートを起こして金が流れなくなった場合には、いくら物を扱う余裕があったとしても、その会社は黒字倒産せざるを得ない。経営者が運転資金の資金繰りに注意を払うのは、この点を考えるからである。キャッシュフロー計算書に彼らが目を光らせるのは、あながち故《ゆえ》なしとしない。

消化器系と循環器系は明らかになったが、呼吸器系の働きとは、どのような流れを言うのであろうか。人体で呼吸器系を通っているものは空気である。しからば、経済の呼吸器系を通っているものは何であるか。

会社で、呼吸器系のごとく当たり前のように行き来しているもの、それは人である。人の流れこそ、呼吸器系が正常に働いていることを示す証拠なのである。なぜなら、会社とは人の集まりであり、その上下の流れ（すなわち人事）、あるいはその会社の内部にとどまらず、他の会社への労働力の移動など、人の息遣いの位置変化の良否は、すべてこの、人の流れがスムーズに行われているか否かにかかっているからである。

以上、経済の動きを人体の働きになぞらえてみた。果たして上手な比喩になっているかどうか。

経済の話ついでに、マルクスの『資本論』に関する私の感想を述べてみよう。

マルクスは、商品分析から入っていくが、商品はもちろん、物である。したがって、物に関する運動についてては一応の分析がなされている。しかし、この運動を可能にする「チカラ」の分析が何もない。物が自動生産されて、ただ流れていくだけのありきたりの情景だけしか反映してはいない。どのような力が働いてそのような生産がなされているのか、運動の原因に関する分析が何も示されていない。つまり、商品生産の因果分析が何もないのである。因果分析のない科学など聞いたことがない。原因―結果の連関がゼロであるから、科学書としては0点である。

おまけに、金の流れについては、流れの叙述さえない。まるで、経済の流れをスムーズにするために、血液など必要とすることは全くないと言わんばかりである。次に人の流れであるが、唯物論の立場からすれば、分析する必要はないのかどうか知らないが、正面切って分析してある部分は数少ない。ほとんど、価値論の記述ばかりが並んでいる。使用価値の分析さえ、分析とは名ばかりの初歩的な記述に終わっている。

以上を総合してみると、マルクスは経済の骨格論を述べてはいるが、会社という法人の消化器系・循環器系・呼吸器系という内臓については、本質的なことは何も記述しておらず、法人という人体の全体像を描き切ったと言うには程遠い。古本屋での取引価格が0円であるはずである。まさに、経済の骸骨論と言うべきであろう。

翻って考えてみると、資本主義は有人主義体制が基本で、マルクスの学説を労働牽引説と呼ぶことが許されるなら、有人主義を支えている人間のうち、重視すべきグループを労働者階級と呼んでその歴史的使命を期待するという学説は、誤った考え方とは言えない。革命という手段に訴えるか否かは別として、労働牽引説が労働者階級の歴史的使命を帰結するのは、あるいは当然のことであるかもしれない。

そもそも資本主義経済は、イギリスの東インド会社設立に端を発し、大体その頃から発達し始めたもののようである。日本では、江戸時代の後期に行われた天保の改革において、老中水野忠邦を始めとする徳川幕閣により、株仲間が禁止されている。禁止されている、ということはその少し前から株仲間自体はあったということを意味するが、その株仲間こそ、近代になってから登場してくる株式会社の先駆けと私はにらんでいる。

私が推測するところでは、資本主義の初期は、元手を集めることを最も重視した経済で、なかなか元手を集めることが困難であったことを推測させる。投機的な金集めに解釈され、一つの事業の元手としての（つまり投資的な）金集めとは解釈されなかったようである。その証拠に徳川幕府の最高幹部でさえ、株仲間のことを投資的資金の受け皿というふうには考えていなかったことがうかがわれるからである。何かバクチの資金集めのように疑っていたのではないかと私は推測している。だから株仲間については、幕府は禁止という方向を選んだのであろう。投資的資金のための金集めではなく、投機的資金のための金集めだと判断したものと考えられる。

資本主義も最盛期ともなると、会社も極度に発達し、会社制資本主義は元手の積み増しを最も重視する経済の時代に入っていく。この時代は資本主義の最も華やかなピークの時代である。この高原状態はわりと長く続く。しかしそれでも好況の時期と不況の時期は交互にやってくることが多い。この景気循環は、資本主義自体に起因する本質的なもののようで、サイン関数またはコサイン関数で表せる波であるように思われる。ただしx軸は水平、y軸は垂直線というような単純なものではなく、x軸とy軸を直交させたまま、両軸をたとえば30°あるいは45°回転させたところに現れるサイン関数またはコサイン関数のような坂の上り方（つまり、経済成長の形）をするのではないかと私は考えている。

会社制資本主義は、そうこうするうちに、人も金も詰まって流れが悪くなる経済に移行する。資本主義の末期である。経済が動脈硬化を起こしているのである。マルクスは、この状態を指して生産関係が生産力の桎梏《しっこく》となっている経済と表現している。

私は、この次に来る経済体制を会社制無人主義と予測しているが、社会主義だと考える人々もいるようである。ついでに言うならば、私は個々の働き手のことを労働要素と考えるが、生産指揮者が実際生産者を指導する今までの有人主義体制はこの時点で終わり、歴史はＩＴやＡＩあるいは産業ロボットなどが活躍する無人主義あるいは電子経済とも称すべき時代相に大部分移っていくように思われる。

いつ有人主義から無人主義に移行するかは、それぞれの国の実状によって異なってくる。その移行の方式も、服薬で済む場合から通常の診療で済む場合、さらには大手術をしなければならない場合までさまざまである。具体的な対策は、直面する各時期各時期の経済政策によって突破しなければならない。もちろん、近未来のことしか予測できないのではあるが。

日本で現在行われている経済政策は、アベノミクスと呼ばれるが、その政策パッケージのねらいは、ここらあたりにあるのではないかと私は理解している。問題は、そのねらい通りの効果が現れているかどうかである。

人の流れ――労働市場に現れる――良くなっている

物の流れ――生産物市場（財市場）に現れる――第1に個人消費（消費材）、第2に設備投資（生産財）で観察する――大体平衡状態、やや陰り気味かなという弱含みの経済状態

金の流れ――金融市場（円安とかドル安とかが決まる貨幣市場、つまり貨幣の価格が決まってくる市場）に現れる――これが今の日本経済ではおかしい

私の感覚では、3種類の流れは以上のような感じがする。

なお、労働契約法・労働基準法を念頭に、労働民主主義のあらましを述べておく。その根本思想は、労働人格権の保護ということである。まず労働というものを、国民総労働制

の考え方に立って、4種類の概念に分類する。すなわち、経営労働・生産労働・営業労働・家事労働の4種類である。いわば、労働四天王が守護する分野の六法は、労働法以外にないかのような壮観を呈している。社会は、労働者たちのチームリレーであるかのようだ。労働者の労働は、むろん只働きではない。人を只《ただ》で動かすことなどできない相談だからである。要は働いて受け取った月給でご飯を食べている人々の集まりが国民であるということ、そして国民主権である以上、その国民が国の将来を決めるということ、この2点が労働民主主義の基本線なのである。（労働民主党の2つの原点）

他方、労働民主主義は作為民主主義でもあるから、民主主義を確実に実現するために一定の作為を要求する。ゆえに行政法を特に取り上げれば、官僚に対して何らかの作為義務を課し、違反者には不作為責任を負わせるという手法も採用すべきであると考える。官僚も憲法第27条第1項の勤労の義務を負うからである。（減給処分の明文化）

これが、『日本書紀』を読んだ限りでの、私の大御宝《おおみたから》の思想である。

外交ドクトリン

かつての日本に、聖徳太子という皇太子がいたことを御存知の人は多いであろう。第33

代推古天皇の摂政として国政全般を指揮した、女帝の皇太子である。

天皇について一定の要件が満たされたとき、摂政が置かれることは、現行皇室典範においても見られるところである。皇太子がその摂政就任順位1位の地位者であることについても、全く変わりはない。

以上のことは、日本人にとっては常識に属するであろう。太子は幼年の時からすぐれた能力を発揮し、さまざまな事柄について周囲を驚かせたようである。私の推測するところによると、早くから「神武再来」という呼び声が高かったものと思われる。

その聖徳太子の数々の業績のうち、今は当時の中国、すなわち隋との外交に問題を絞って考察していこう。

日本と中国との外交関係は、それまで中国の冊封《さくほう》体制の中で行われていた。魏の皇帝が卑弥呼に与えたとされる称号「親魏倭王」にしても、倭の五王にしてもそうであった。日本の天皇制国家にしてみれば、中国は確かに目の上のたんこぶであっただろう。癪《しゃく》にさわる存在が中国であったことは疑いがない。事実、あの広大な土地の上にあれだけ多くの人間を抱えている国を攻撃しても勝ち目がないのは、火を見るより明らかだった。したがって、聖徳太子が出現するまでは、日本の外交は、中国の各王朝に対し、朝貢に徹することで難を逃れてきたということは言えるだろう。いわば専守防衛を追及し続けてきたと言ってよい。

ところが、聖徳太子は事もあろうに、589年に中国を統一した隋王朝に、しかも煬帝《ようだい》に対し、その神経を逆なでするかもしれない国書を発したのである。（607年）

その国書の文面そのものは、『隋書』に掲載されていて、「日出處天子致書日沒處天子無恙云云」となっている。

つまり、日出處（東国）の天子である私、天皇は、日沒處（西国）の天子であるあなた、皇帝陛下に一言ご挨拶申し上げます。「ご機嫌いかがですか…」という意味である。いわば、日本の天皇陛下が、たとえばスウェーデンの国王陛下に、ご機嫌伺いのレターを発信しているような形を取っている。内容自体には別に問題はないのであるが、問題はむしろその発信の形式である。つまり、「一国の天子から、他国の天子へ発信する」という形式に問題点が秘められていたのである。この二国間の国際関係において、ある国のトップから他の国のトップへレターを発信するとき、現代では、対等関係の立場において発するはずであるが、日本が中国の冊封体制下に置かれていた当時の国際社会（特に中国との関係）においては、とても日本は、中国の格下国としての地位を脱出することが難しかったという事情が浮かび上がる。

だから、中国の皇帝としては、すっかり格下国として信じ切っている日本のトップたる天皇から、対等の同格国としてレターを受けるということは、どうにも我慢のならないことであったのに違いない。

つまり、その時まで中国に対しては、朝貢外交という形でしか接してこなかった格下国の日本が、この推古天皇の摂政である聖徳太子に至って、公然と「西皇帝」すなわち中国（その当時の隋）の君主と対等の位置づけの下に、「東天皇」すなわち日本の君主を名乗ったという点が重要なのである。このことは、推古天皇の名代《みょうだい》、聖徳太子が、それまでの慣例を破って、対等外交を仕掛けてきたという一事を、しかも歴史的に見て極めて重要な一事を表しているのである。日本は、この時、有史以来初めて、対中外交というものを対等の形で成し得たのである。たとえ、その結果が不首尾であったとしても、すなわち隋が日本側の対等外交を認めず、その交渉事《ごと》を隋王朝へ臣下として朝貢するものであるかのようにみなしたのであったとしても、あえてあの強大な中国の王朝を前にして対等外交の入口に立ったことは、中国に比べて国力のまだ幼弱な日本にとって画期的なことだったのである。人は、この何気《なにげ》ない聖徳太子の外交レターの背後に、強大な中国軍が日本列島に上陸してくるかもしれないという恐ろしい事態を想定しないならば、その人は全くの外交音痴でしかないと言わざるを得ない。

現代では、日本の総合的な国力は、その当時のような幼弱性を脱し、そんなに卑屈になる必要もない。しかし私の見るところでは、外交の基本原理というか、外交政策が生み出されてくる泉のようなものの深掘りが、まだ不足しているように思われる。

そこで、その深掘りの一助として、日本平和主義ということを考えてみた。世界の二大強国として、現在アメリカと中国が対峙しているが、アメリカは自由主義を代表し、中国は社会主義を代表している。この2つの基本原理は、それぞれの国の国内において、強固な基盤を有している。その国内的な基盤の延長上に外交ドクトリンが編成されているのである。

日本は、自由主義にも社会主義にも一定の理解を持ってはいるが、やはり日本独自の外交を展開するには、自由主義とも社会主義とも異なった第3の立場を模索すべきであろう。その第3の立場の有力候補は、平和主義ということである。戦争主義という立場は立場を成さないが、アメリカ自由主義と中国社会主義が国際政治の上で強力な地歩を占めているように、日本平和主義も第3の外交ドクトリンとして独自の立場を編成することができるように思われる。その理由は、

①日本神話上の根拠

日本の皇室の祖先神は、天照大御神という女性神であること。女性神は、男性神とは異なり、本来暴力や戦争を好むものではない。

②歴史上の根拠

聖徳太子の憲法十七条の第1条は、「和を以ちて貴しとし、忤ふること無きを宗とせよ」と記されていること。

③法律上の根拠

日本国憲法は、第9条で明確に戦争を放棄していること。

④国民感情の上での根拠

日本人（天皇及び日本国民）の国民感情が、戦争を拒否するものであること。日本人の間では、「戦争はもうこりごりだ」という感情が根強い。

以上、4点にわたる諸根拠により、日本平和主義を日本の外交ドクトリンとして採用するのが適切であると考える。日本民族精神の根幹だからである。

なお、外交ドクトリンは、日米関係を基軸とするものだけに、日本側としては、防衛ドクトリンと密接な関連を有する。その防衛ドクトリンとしてどのようなものが望ましいか？条約面から考えていこう。

まず、日米関係の根本をなすものは、何と言っても軍事関係である。とりわけ、在日アメリカ軍の存在が重要である。ただ、このアメリカ側の兵力提供義務と日本側の基地提供義務とは見合いの関係にあり、だからこそ日本とアメリカとは対等の位置関係に立っていると言われ得るのである。

ここで、互いの義務関係を両者とも裏返してみよう。アメリカ側の兵力提供義務は、日本側から見れば、アメリカに兵力提供を要請することができる権利を持つことを意味し、日本側の基地提供義務は、アメリカ側から見れば、日本国土の中にある軍事基地を自由に使える権利を持っているということを意味している。

ということは、日本国土の中にある軍事基地において、アメリカが日本を防衛する行動に出なければならない、ということをたかだか意味するにすぎず、日本がアメリカ本土を守りに、はるかアメリカ合衆国まで出かけていかなければならない、という意味はいささかも含んではいない。アメリカにとっては、集団的自衛権の行使になるかもしれないが、日本にとっては、基地さえ提供しておけば、別に特別な国際法上の義務を負うことなく、アメリカの日本防衛戦略にタダ乗りができる、ということを基本的には意味するのである。

したがって、日本の自衛隊としては、専守防衛に徹してさえいれば、それで戦略目標（＝日本防衛を果たすこと）を達成することができることになる。日本は個別的自衛権のみで用が足り、何も集団的自衛権まで持ち出す必要はない。タダ乗りに応じればそれで良いのである。そして、それが日米安全保障条約を締結した、そもそもの目的であった。

以上の点を踏まえて戦略論を考えるならば、やはり自衛行動に徹する防戦主義の戦略論となるであろう。防戦一方の籠城《ろうじょう》戦にはなるが、武田信玄が攻めてきた時の徳川家康のように（三方ヶ原の戦い）、隠忍自重してやり過ごすのが最も賢明であると考える。

以上、外交ドクトリンに関連して、私の防衛ドクトリンを述べた。

国際分権制（地球一国構想）

国際自治←→州際自治

国際的地方自治（ドイツの各地方首相を参照）

国際自治体

　国連により統治を委託

　ただし、ある程度の国際公務員を国連が派遣

国際連合がある程度の権力を持ち、各国際自治体に国際公務員を派遣して、国際自治を委託する国際分権制――地球一国構想

国際自治体

　地球国　ドイツ州、フランス州、アメリカ州、中国州、ロシア州、日本州……

国連の中央機関

　立法機関＝条約を作る所　国連総会（最高機関、長は国連事務総長）

行政機関＝国際行政機構（専門機構）
司法機関＝国際司法裁判所
中央銀行＝世界銀行　世界統一通貨の発行（EARS）
軍（？）統一軍　主に治安部隊（機動隊に相当）国連自体が、地球国の各州に派遣し、問題行動（国連総会が審査）を制止
税　地球金庫に納入
監査機関　予算の執行状況を監査。監査庁と命名
国連総会の緊急会　国際緊急権の発動
緊急部隊の結成（各州から義勇軍供出）
人権と平和秩序の訴権委員会（人の国際法主体性を認容〔人の国連への直訴権《じきそけん》を認める〕）
この委員会は国際司法裁判所に原告人に代わって提訴する資格を持つ（公訴権を持つ検察官の役割を遂行）。国連総会の付属機関として設置。

以上、国際体制の見取図の設計を述べた。

元々、この国際分権制の制度設計の下敷きには、世界連邦政府の考え方があった。国連

加盟国のおのおのに国家体制はそのままにして、今ある国連を一つの中央政府へと発展的に移行させせようとする構想である。この構想が唱えられていた時には、加盟国の国家体制はそのままにしてしか移行できない状況の下にあったが、経済のグローバリズムが広範囲に進行した今日、経済だけでなく、社会の状況においても、世界の各国が地球一星の観光地へと急速に変貌しつつある。事物経済は終わり、観光経済へと国際経済が変質しつつあるのである。

私の国、日本においても、さまざまな国の人々が観光に訪れ、そして多くの日本人が世界中の国々へと観光に出かけていく。その国際的な人の流れは年々増え続け、その動きを押し止《とど》めることは今や不可能である。つまり、国際社会は言ってみれば、アメリカの州際社会のように自由に行き来することができるかのような外観を呈するに至った。政治だけが、旧態依然としたテリトリー政治を行っている。文化が各国の民族文化を尊重すべきなのは、言うまでもない。

この地球一星化という現象を前にして、政治についても何らかの工夫ができないものかと一計を案じて創造した構想が、この私の国際分権制という国際体制に関する国連改革案である。

もちろん、各国の政治の枠組みは、基本的にそのままとする。ただし、国境の意味は、日本で言えば県境、アメリカで言えば州境といった、単なる行政区分に変質させる。つまり、各国の国内政治を地球一星単位で見た地方自治として位置づけるのである。国際的地方自治とでも言うべき政治の在り方を誕生させるということだ。もっとハッキリした言い方をすれば、一国の政治を国際自治体の政治へと変化させるという意味である。
この国連改革の手本となるものは、我が日本の鎌倉幕府がかつて行った本領安堵《あんど》の考え方にある。鎌倉幕府とは、我が日本のすぐれた武将、源頼朝が創始した独特の政府形態である。（中世に存続した）
以上、国家権力を国際権力の一部へと切り換えていくために描いた私の青写真を公開した。
※本領安堵…各武将の所領、統治様式などを、次の実権者もそのまま受け入れる。その保証を与える武家社会の慣習法を本領安堵という。結果的に、その武家は、代々同じ所領を持ち続けることになる。一種の保守政策。

労働君主制

昔から「一君万民思想」は存在する。日本にもこの考え方は存在した。一人の君主が家来であるすべての民の上に君臨する、いわば「国に二君なし」の考え方である。一人の君主を例外として、その他の者はすべて家来として平等な立場であると考える。本来、家来の中には上下の差など存在しない、という意味で家来平等主義を指称する。一人の例外とされる人間こそ元々、君主なのであるから、言ってみれば当たり前のことである。

日本で言えば、天皇制という考え方は、まさにこの一君万民思想に基づいた国家思想である。天皇のみを例外者として、その他諸々《もろもろ》はどの人間も完全に平等であるという考え方になる。この考え方に反対するとすれば、天皇以外に、その他諸々の中から特権者を出すことを認める思想になりかねない。つまり、たとえて言えば、蘇我馬子に特権を許すという思想につながるのである。これは、天皇以外の者に特権の受益を許すという思想であるから、「他者特権」の思想と名付けることができよう。前出の蘇我馬子然《しか》り、藤原道長然り、といった具合である。

この一君万民思想を現代風にアレンジすれば、労働君主制という考え方に落ち着く。すなわち、毎日働いて現ナマを稼ぎながら生計を維持する、そしてその稼ぎの中から税金を支払って国の政策を下支えするための財政の基盤とする、いわゆる労働民主主義は、もしそうした労働者たちが一人の君主を押し戴くのを望むとすれば、政治制度としての君主制と連結することも容易に可能である。もちろん、この際、君主制を取るか共和制を取るかは、選択肢としてどちらも可能である。

もし、君主制という選択肢を取ったとすれば、この労働民主主義と君主制とを接合する接着剤として一君万民思想は今の世に甦《よみがえ》ることになる。なぜなら、この一君万民思想は、長い将軍制を通じ幕府政治の下で一旦仮死状態にあったからである。

私は、この「労働民主主義＋君主制」の体制を、労働君主制と名づける。北朝鮮の現在は、この労働君主制であると考えられる。労働民主主義は、別に自由主義、民主主義ひいては自由民主主義と衝突する要素を持たないから、労働君主制は自由民主主義という国家体制の中で、一定の位置を占めることができるはずである。精神的な貴族主義との折り合いも必要である。

さて、文化政策の面では2つの考えの進め方がある。一般規定としての世界主義から考えていく方法と、特殊規定としての民族主義（日本の場合は、日本民族主義）から考えていく方法である。日本人であるということは、日本民族の一員であるという側面と、地球人の一人であるという側面の、2つの側面を常に同時に持っているからである。一人の人間（日本人）を、右側から見れば日本民族の一員であり、左側から見れば地球人の一人であるという、ただそれだけのことにすぎないのではあるが。いわば、見る角度や方向の違いによって、日本民族の一員に見えたり、地球人の一人に見えたりする、ただそれだけのことである。見ている当の客体は一人分の人体にすぎないということには、何も変わりがない。

ここでは、世界主義文化論を一旦脇に置き、民族主義文化論を主に考えていく。と言っても、民族主義一般の話ではなく、日本の民族主義つまり日本民族主義の文化論または文化政策の話である。日本の隣国である韓国の民族主義、つまり朝鮮民族主義の話には触れない。

日本の文化政策では、もっぱら話が自由主義や民主主義、縮めて自由民主主義、とか理想主義、あるいは平和主義や人道主義などの話に、テーマが拡散し収拾がつかなくなるので、ここでは民族主義の文化論に話を絞る。民族主義の政治論にも説き及ぶことはしない。民族主義の文化論では、まず『源氏物語』が重要である。高等学校に入ると「古文＋漢文」という形で古典教育が行なわれる。この古典教育の充実は、世界の中の日本人の身につけるべき、基本的な教養としてきわめて重要な部分を占めるものと考える。この古文の例としては、『源氏物語』のほかに、『平家物語』『徒然草』『枕草子』などがあるが、特に『源氏物語』は日本王朝文化の最高峰を成している。天皇制のピークを成す平安時代の朝廷の内実が、『源氏物語』を読むと如実に分かるのである。その意味で、『源氏物語』全54帖を完読することは、日本精神の枠を知る上でとても有益である。

古典文学だけでなく、日本の民族主義を知るには、能楽に触れてみたり、短歌を作ってみたりするのも大いに意味があろう。各地の祭りに参加してみたり雅楽を鑑賞したりするのも一興である。つまるところ、従来手薄になっていた民族主義の文化政策にも力を尽くすべきであると言うことができよう。

このエッセーのテーマである労働君主制も、民族文化とスムーズに連絡し得るということとは、天皇制という君主制を持つ日本においても確実に可能なものであると思われる。

【憲法について】

憲法今昔

推古12年4月、聖徳太子は17か条から成る、憲法と呼ばれる行政訓示集を制定した。今日で言う行政法に相当する。日本史上初の実定法である。この時代の国家の最高機関はもちろん天皇という地位者であるから、その名代である摂政の布告はすなわち天皇の布告と同じ重味を持つものであったのだ。ローマ法の日本版と言うべきかもしれない。

第1条。和を以って貴しとすべきこと、そして反逆を企てることを恥とすべきことが述べられている。徒党を組んだ一連のグループが党派性を剝き出しにする危険性をも併せて指摘している。事理に通暁した人は一般的にとても少なく人材の確保も必要なことであったのであろう。上層部と下層人民が和睦し合えば、事理は自ずから通っていき、心と心が同調し合うようになる。このような社会を実現できれば、何事においても、できないことはないはずである。これが、聖徳太子の見た日本人の国民性の第一の特徴である。この時代の、民族主義という考え方がどのようなものであったかが如実に示されている。日本民族主義が好戦性と少しも接点を持たないことは、あまりにも明白である。むしろ、日本民族主義は平和主義と結び付く可能性がきわめて高いイデオロギーであると考えなければならない。

第2条。篤く三宝を敬うべきことを説く。三宝とは、仏像・仏典・僧侶の3点セットを言う。人生の最後に来る自からの葬式を考えるならば、この仏法の道理は、いずれの時代であっても、いずれの人であっても必ず永遠の真理であると考えなければならない。この仏教によってこそ、精神の曲《まが》りを直《ただ》すことができると太子は述べるのである。

第3条。順法思想がまず述べられ、近代の法治主義に近い思想（考え方）が打ち出されている。天地が逆さまになった場合には、社会秩序も秩序ではなくなるから、この無秩序状態を避けるためには、君主の言うことやすることに耳を澄ましてよく見習いなさい、と人々に教えさとしている。これはまさに王道思想そのものを示す言葉の数々である。この時、聖徳太子30歳であった。

以上3か条により、この憲法十七条の基本的な骨格が絞られてくる。思想的には順法思想と王道思想を根幹とし、仏教を一種の国教とするほどの仏教崇拝が提唱されている。日本の社会をどう見るかについての社会思想としては、平和主義及び同調主義を基本とする社会であると判断しているようである。したがって、日本の民族主義の内容は、以上の内実を伴った全般思想であると考えるのが妥当である。ただし、それはこの時代の民族主義の内容であって、同じ日本であっても、他の時代の民族主義とはまた違ったものであるかもしれない。韓民族の民族主義との比較を含む日本の民族主義の分析は、聖徳太子の口からは何も語られていない。

崇峻天皇が暗殺されたのは、聖徳太子が18歳の時であったが、その暗殺を教唆した実行犯者蘇我馬子は、その12年後のこの時、この憲法十七条の3つの条文をいかに読んだであろうか。その心の中を推理してみよう。

第2条と第3条はほぼ問題はない。特に第2条は、馬子と太子の間に全く食い違いはない。第3条は、宿禰《すくね》の家柄の馬子と天皇家の家柄の太子とでは、若干隙間があるような気はする。

最大の問題は、第1条の「和を尊び、逆らい背くことのないようにせよ」という条文である。太子の作った条文は、30歳である割には秀《すぐ》れた条文が多く、名文と言ってよい。文の流れが流暢《りゅうちょう》で、淀みなく進行していく。しかも的確な表現に満ち、対句《ついく》を始めとする語句の選択も、文の流れを止めることがない。かえって文の流れの良さを促していく。まるで、小川がさらさらと流れていく滑らかさを彷彿《ほうふつ》とさせる。文学の文章としても法律の文章としても申し分がない。他の何の取り柄もないガラクタ文体とは違って、厩戸文体と言ってよい。法律の文章として特に秀れた文章が次の二文である。

「一つ　然《しか》れども、上和《かみやは》ぎ下睦《しもむつ》びて、事《こと》を論《あげつら》ふことに諧《かな》ふときは、事理《じり》自《おの》づからに通《かよ》ふ。」

「二つ　何事《なにごと》か成《なら》ざらむと。」

太子のおおらかな性格と頭脳の聡明さを余すところなく語り尽くしている。「不和を以って貴しとなす」というようなコセコセした嫌味な性格とは全く縁がない。

第1条の「和を以って貴しとなし、忤《さか》ふることなきを宗とせよ」という規定を一読した蘇我馬子には、そこに異様な力を放つ翁の能面のような、天《あめ》の叢雲《むらくも》の剣《つるぎ》の凝集力に似た力が感じ取れるのだった。和というものの隠れた力を、馬子は不気味なもののように想像した。だが、どこまで行っても自分は宿禰の家柄、対する聖徳太子はあくまでも天皇家の家柄、この家柄の違いは、家柄の尊厳が絶対的だった当時は乗り越え難いものであった。和というこの隠れた力を掌握するのは自分ではなく、いつも横にいる身長180㎝の大男聖徳太子であることに気付いた蘇我馬子の自尊心は、不愉快な思いに駆られたであろうことは容易に想像できる。この威圧感は、以後の歴史展開に何らかの影響を及ぼしていくのであろうか？

同じ仏教崇拝派という友情と、目に見えぬ威圧感をいつも発し続ける大男の権力に頭が上がらない自分の立場の弱さ意識、ここから来る感情的な反発は、ある種の不均衡をもたらした可能性はある。この互いに方向性が逆な2つの矛盾感情の相克が、1条経験をした馬子の心の中で、鬼と仏の戦いを繰り広げることになる。

第4条以下を要点的に書き連ねる。
第4条。国が自動的に治まるためには、礼儀正しさを根本に据えるべきことと
第5条。国の裁判が公正に行われるためには、官人が利益誘導や賄賂の受け渡しに応じてはならないこと
第6条。上級役人に対しては、下々の者の落度を強調し、下級役人に向かっては、上役の過失を強調する者たちがいるが、これは主君に対して忠誠を示すことにはならないし、国民に対し仁愛を尽くすことにもならない。かえって将来大乱が起きるタネを播いているようなものである。
第7条。人をたくさん抱え込んで部内で仕事を作るということはせず、冗員淘汰もやむを得ないという人事政策を述べ、適材適所の許《もと》、仕事の流れをスムーズにすべきことを説く。いわば、組織のスマートさを賞揚し、筋骨型の無駄のない組織が理想である旨を説いているのである。
第8条。勤務時間を超過しない程度に、朝はできるだけ早く出勤し、退勤時刻一杯まで

しっかり働くべきこと

第9条。善悪の価値判断は必ず信を本《もと》にしていること。会社内の全員がお互いを信頼し協力し合えば会社は発展するに違いないことが述べられている。太子は言う、「群臣信无《な》くは、万事悉《ことごとく》に敗れなむ」

第10条。人は皆、考えていることも違うし、賛成・反対も項目ごとに皆違う。私が阿呆か彼が阿呆かさえもしっかりとは決まらない、という聖徳太子の肉声が響いてくる。黙って考えている頭の内容は人によって異なるが、その内容を外部から窺い知ることはできない、だから今流で言うなら、物事は民主的に決めなさい、というのが聖徳太子の本音《ほんね》のようだ。

第11条。賞罰は行為の結果に対してその程度に応じたものにすべきこと

第12条。国王は1人だけであるから、国民から国王が2人いるかのような租税の取り方をするはずがないこと（当然の事理）

第13条。仕事の原則を述べる。職掌をよく把握すべきこと、病気欠勤や長期出張の時に心得ておくべきこと、あるいは権限外だと称して仕事をサボタージュするなということまで細かく触れている。聖徳太子は摂政だから、国の仕事の総監督として微細な部分までよく見えたのであろう。まるで、仕事場に立って両方の目で厳しく監視している姿がありありと見えてきそうだ。確かに、太子は仕事のできる人であった。

第14条。私が他人を嫉妬すれば、その他人も私を嫉妬するようになるから、嫉妬は慎むべきこと
第15条。仕事に公私混同は禁物であること
第16条。春夏秋は農作業に専念し、冬の農閑期には他の作業に従事すべきこと
第17条。大事を決する時は、独断専行を避けて大衆討議にかけよということ

以上、「憲法十七条」と名づけられた行政法を紹介した。第1条から第3条までは行政法総則であり、第4条から第17条までは行政法各則である。法律というものの規定の仕方（総則を先にし、各則を後にすべきこと）がこの時決まった。ローマ法に原点を持つヨーロッパの法律学と比較しても決して引けを取らない日本の法律学の出発点を成す（西暦で言えば６０４年の４月）ものである。

ところで、現行の日本国憲法は、内容的に国権法と人権法から成るが、国権法は天皇の章を含め権限・義務構成、人権法は権利・義務構成となっている。国権法は、基本的に統治機構内及び統治機構間の権限と義務の法律関係を規定する法規範であり、それらの権限をどのように配分すれば最も妥当かということが主要な論点となる。

国権法に規定する権限と義務を生みだす元となる行為をまとめて国務行為と考えるなら

ば、国会は立法という国務行為を実行する機関であり、内閣は行政という国務行為、裁判所は司法という国務行為をそれぞれ実施する国家機関というわけである。

地方自治は、地方間の並列的国務（委任）行為と、国と地方の直列的国務（委任）行為との合成と考えれば、十字的国務（委任）行為という法律構成が可能である。地方自治権が国務大臣（この場合は総務大臣）から委任を受けて行使されることは、昔流の表現を使えば機関委任事務というべきものの存在により明らかに知ることができる。したがって、（委任）という言葉も、並列的・直列的・十字的という形容句も省くことができて、単に国務行為という一個の文言に帰着することができるのである。

それでは、人権法の世界である権利と義務の法律関係は何から発生するのであろうか。これは司法手続きを経て一定の判決を得ることを主眼とし、さらに立法や行政にも人権を拡大させるように導く国務誘導行為であると考えられる。ただ、このままでは抽象的で漠然としていて、焦点の合った一定の像を結ばない。

そこで、国権法の国務行為と人権法の国務誘導行為を一本化するために両者の共通項を考えるならば、法治主義の考え方に行き着くことになる。したがって、法治主義の柱となる中心軸を取り出せばよい。

法治主義の根本趣旨は、国権の存在自体、国権の及ぶ範囲、国権の及ぶ程度、そして国権の及ぶ対象についてすべて法律に書き込むことによって、保障される人権の存在自体及び範囲または程度を明らかにし、公共の福祉や秩序の上天井の位置を明確にすることにあるものと言わなければならない。

自然法の内容もまた、単なる政治思想の状態から法律概念へと転形させることが望ましい。自衛権以外にも、たとえば抵抗権という自然法も、しっかりした国家観の下で不幸排除行動権という一個の法律概念に置き換えるべきなのである。それが法治主義の本筋である。

国権と人権は、一種反比例的な関係にあると見られるが、この反比例的な関係を国民の目にハッキリと映し出されるような適切な言葉で規定すること、これを法務行為と称するならば、まさにこの法務行為という概念こそ、求める解ということになる。

すなわち、国務行為と国務誘導行為に共通の概念は、まさに「法務行為」にほかならないと結論づけることができる。

なお、国連軍の結成を始めとする国際緊急権を国連憲章という条約は保障しているが、この国際緊急権も条約の規定があって始めて合法化される権限である。そのようにして権限と義務、及び権利と義務の2種類のセットを創り出す法律（この場合は条約）上の行為を「法務行為」と称するわけである。注意的に申し添えるなら、権限とは行使者に利益が帰属しない法的な力であり、権利とは行使者に利益が帰属する法的な力のことである。

以上、聖徳太子の規範意識を、太子の制定した憲法十七条の解釈論の中に探りながら、筆者自身の法律論も展開してみた。

ところで話は変わるが、ヘイト・スピーチが次第に激しさを増しつつある昨今、韓民族と日本民族は本当に仲が悪かったのか不思議の感に打たれて少し調べてみた。『日本書紀』のこのあたりの記述を見る限りでは、日韓両民族の仲は、特に悪かったという証拠はない。むしろ、両者の仲は良いほうだったと言うべきである。

日本民族と韓民族の民族意識の間に特に問題視しなければならないような不健全な点はないが、日本民族と中華民族の間の民族意識の中に、中国人の「格が違う」という格上意識以外に、何か問題となる病的意識めいたものがあるであろうか？

中国人の格上意識は今のアメリカ人の格上意識と同じで、いわば、その時代その時代の国力の違いを反映している。国際社会の中での格上意識は、外交政策にどういう影響を及ぼすのであろうか。そうした点に注意しながら、当時の日中関係を見ていこう。

推古15（６０７）年、太子・馬子の共同政権は、分立状態にあった当時の中国を一国の中央政権にまとめ上げた隋の皇帝、煬帝《ようだい》に宛てて、使節団を派遣した。団長は言わずと知れた小野妹子である。この時小野妹子が携えた天皇国書が有名な「日出づる処の天子、書を日没する処の天子に致す。恙無きや」という文言を含む公文書である。

ここで私の目を引きつけるのは、日本の天皇と中国の皇帝を同列に位置する国家元首として対等に位置づけたことである。つまり、天皇も「天子」、中国の皇帝も「天子」という同じ言葉で表現することによって、両者が同じ立ち位置に立っているということを強調している点なのである。さらに言うならば、日本から中国へ発信した公文書には、天子から天子へ発した外交文書である旨が明記してあるということなのである。

これを見た煬帝が不愉快に思うであろうことは火を見るより明らかである。果たして煬帝はカンカンに怒り、「こんな無礼な文書は二度と朕に見せるな」と周りに当たり散らした。格上意識で凝り固まった中国の国家意思がほとばしった瞬間であった。

大国の中国が日本のことを自分より格下の家来だと考え天皇を見下すであろうことは、太子・馬子の共同政権には想定内だったのである。しかし、それを押して「対等外交開始の宣言」を実行しなければ、日本は常に中国王朝の従属国の扱いから逃れることができない、との高度の政治判断が、太子と馬子を両輪とする当時の最高首脳部に働いたであろうことはほとんど疑うことができない。「日出づる処の天子……」は、どちらかと言えば道徳政治家である太子と、権力政治家疑いなしの馬子との合作であったのである。

核兵器

資本主義の個々の要素につき、何ら因果関係を分析解明していない自称《じしょう》科学者マルクスが死んだ今日、地球上に平和を維持することは可能であろうか？

魔の条文、憲法第９条は平和主義という原理を条文化したものであると一般に考えられている。平和主義に対立する考え方は、トルストイの大作『戦争と平和』の題名からも連想されるように、戦争主義である。平和主義者に常に対立する政治勢力とは、すなわち戦争主義者のことである。彼らは、理由は何であるかは分からないが、とにかく戦争と聞けば、喜び勇んで集まってくる戦争好きな連中である。

国民は、ほとんど平和主義者であると思うが、中には戦争主義者もいるかもしれない。死の美学に取りつかれた人間も、いないとは限らないが、そうした少数の人たちは別にして、ほとんどの国民は、平和で穏やかな日常生活を望んでいるものと思われる。私自身も変な極端なトラウマは存在しない。

こうした大半の人々の、平和主義という一般意志を無視して憲法第９条を改正すれば、思わぬブーメラン効果を受けるであろう。もちろん、憲法第９条を改正すること自体は別に反対しないが、改正するにしても条文案をうまく作らなければ、有権者である国民から大きなシッペ返しを受けるに相違《ちがい》ない。たとえ今２８０議席や２９０議席くらいの議席があったとしても、条文案の内容次第によっては、直近の全国選挙で一気に総数50議席以下に落ち込む可能性すら予想させる魔力を秘めた条文、それが憲法第９条第１項及び第２項の現行条文なのである。

一口に平和主義と言っても、その実現の方法については、2通りの考え方がある。武力平和主義と絶対平和主義である。武力平和主義は、武力によって平和を守るとする立場であり、絶対平和主義は、外交によって平和を守るとする立場である。ただし、最後の担保手段として最小限度の武力（すなわち反撃力）は温存する。つまり、憲法第9条第1項及び第2項の不戦鉄則をいかに具体化するかについて、2つの立場に分かれるのである。

これは結局、武力と外交の比率の問題で、たとえば武力平和主義（いつ攻撃されるか分からないと心配する悲観主義的な立場）では、武力7：外交3、絶対平和主義（めったに攻撃されることはあるまいと考える楽観主義的な立場）では、武力2：外交8といった比重の置き方になる。武力と外交のうち、どちらに重点を置くかの違いによる。むろん、現代の国際政治においては、武力平和主義が常識でほとんどすべての政治家が武力平和主義の立場を取っている。ところが、日本の国民は絶対平和主義の立場を取る人が、どちらかと言えば多いように見受けられる。これは、核兵器による攻撃を2度も受けた国民体験によるところが大きい。すなわち、8月6日の広島の被爆、そして8月9日の長崎の被爆は、日本国民の心に消しがたい傷跡を残したもののようである。もちろん、戦争による被害は、核兵器によるものだけではないが、日本の国民の間に、反戦気分を定着させてしまったことは疑いもない事実である。つまり、もう戦争はこりごりだという感情が抜きがたいものとなったのである。

憲法改正は、当の憲法第96条第1項に規定するように、主権者に固有の権利として、「特別の国民投票または国会の定める選挙の際行はれる投票」で過半数の賛成を得ることを要求している。この投票で過半数の賛成が得られれば、天皇が国民の代理人として、改正前の憲法と同一性を保ったままで、新しい条文を有する憲法を公布することが、その同じ第96条の第2項に規定されている。

そこで武力平和主義であるが、核兵器についてはこの立場の考え方では、消極的にではあるにせよ核の傘に入ろうとする。要するに、核抑止力に頼ろうとするのである。それに対し、労働民主党は、核の傘ではなく法の傘に入ろうとする。法（条約も法の一種である）によって核兵器を取り込んでしまおうとする立場である。法治主義は、現代自由民主主義の実務原則であるから、国際法である条約を締結することを通して、核兵器を国際的に一元管理する、つまり国連の管理下に置く、という外交政策を取るのである。

核兵器については、この条約締結によって核を国連管理下に置くという外交政策がそのまま日本の防衛政策に直結する。核兵器以外の兵器や兵員については、技術的な問題（予算の上限額とか戦闘機の数など）が後に残るだけである。その結果、防衛政策は、自由裁量の余地の少ない、単なる技術政策と化するのである。

これが労働民主党の主張する絶対平和主義の考え方の骨子である。外交に重点を置いた防衛政策であるから、日本の防衛政策自体の自由度は今よりもずっと小さいものとなり、核を含めた防衛政策はほとんど外交政策そのものと化するのである。そうすれば防衛政策と言っても、戦前の日本の軍部のような大幅な自由裁量の余地は消失するであろう。結局、ＰＫＯ活動に派遣する部隊の決定とか、防衛出動命令の下令とかいった、ごく技術的な行政行為に絞られることになる。核兵器の負担から解放された防衛政策は、かなり身軽なものになると思われる。

やはり、防衛政策における核兵器の重みは、逆の意味で絶大なるものがあると言うべきである。

改憲試案（続）

前回の「改憲試案」から今日までの歴史の進展を考慮に入れた研究の結果として、新たな「改憲試案」を作成してみた。そこで、改憲試案（続）として、それをここに発表することにする。総統を国家元首とする案である。

日本共和国憲法案
（総統制の部分）

第X1章　総統

第1条　総統は、日本共和国の全権を保持し、共和国を代表する。この地位は、主権の存する日本国民が解任しない限り、その任期を全うすることができる。

第2条　①総統は、国民の中から、国会議員全員の総統選挙により選出される。

②総統の選出に関する手続については、別に法律で定める。

③総統は、国の最高機関とする。国は、国民生活の向上に奉仕するものでなければならない。

第3条　①総統の下に、総統府を置く。

②全国の生産総手段は、総統府に属する。ただし、生産手段の運用は、各営業主体の自由に任せるものとする。

③総統は、総統府経済会議に、経済大綱の作成を命じることができる。

④総統は、総統府経済会議から経済大綱の答申を受けたときは、署名した上で、官報に公告しなければならない。

第4条　①総統は、国務の全般的な指揮を執るものとする。

②総統を補佐させるため、総統は副総統に、国務大臣から成る閣議を常時主宰させなければならない。

第5条　総統は、衆議院議長及び参議院議長を認証する。

第6条　総統は、副総統を通じ、一般教書又は予算教書を国会に提出することができる。
第7条　①総統は、最高裁判所の長たる裁判官を任命する。
②総統は、事案を総統府憲法会議に付することができる。
第8条　①総統は、自ら国民軍の総司令官となる。
②総統及び副総統並びに防衛に係る国務大臣は、文官でなければならない。

（国民軍制の部分）

第X2章　軍隊
第1条　①日本共和国は、国権の発動たる戦争を、永久に放棄する。
②国際紛争を解決する手段として、武力により他国を威嚇すること、又は他国に向けて武力を行使することは、永久に行わないこととする。
第2条　前条の目的を達するため、日本共和国は、正義と秩序を基調とする国際社会において、永世中立国であることを国是とする。
第3条　①日本共和国の自衛のための正規軍を、国民軍とする。
②自衛権は、日本共和国の領土・領海・領空の範囲に限り、行使することができる。
③自衛権は、国民生活の平和と安定を目的として行使されるものでなければな

らない。
④自衛権の濫用は、絶対にこれを禁じる。

第4条　国際平和の確立のため、国際連合その他の国際機構から要請を受けた場合は、日本共和国は、法律の定めるところにより、紛争国に、兵の一部を派遣することができる。

第5条　①武官編成は、「国民の　国民による　国民のための　軍隊」という建軍理念に基づき、幕僚制により組織するものとする。
②自衛官の文武両官編成は、対等の原則によらなければならない。

第6条　①総統が宣戦布告を行い、又は終戦命令を発するときは、国会の議決に基づかなければならない。
②国の交戦権その他の戦闘行為に関する規定は、別に法律でこれを定める。
（注）終戦命令とは、自国の軍隊に宛てた総統の命令を指す。たとえば、ヒトラーの焦土命令もその一つ。日本民族に対して発せられる、総統の自爆命令も、終戦命令の一つであろう。
（地方自治制の部分）

第X3章　地方自治

第1条　地方公共団体の組織及び運営に関する事項は、地方自治の本旨に基づいて、法律でこれを定める。ただし、普通地方公共団体は、基礎自治体、郷土自治体及び広域自治体の3種類に区分しなければならない。

第2条　①普通地方公共団体には、法律の定めるところにより、その議事機関として議会を設置する。

②地方公共団体の長及びその議会の議員は、その地方公共団体の住民が、直接これを選挙する。

第3条　①地方公共団体は、その財産を管理し、事務を処理し、及び行政を執行する機能を有し、法律の範囲内で条例を制定することができる。

②特別地方公共団体として、広域自治体に共通公庫を設けるときは、その地方の実情に適合した公共法人を通じてするものとする。

第4条　地方公共団体が地方緊急権を行使するときは、その地方公共団体の長は、事前又は事後に、議会の承認を得るのでなければならない。

第5条　一の地方公共団体のみに適用される特別法は、法律の定めるところにより、その地方公共団体の住民の投票においてその過半数の同意を得なければ、国会は、これを制定することができない。

（経済基本制の部分）

第X4章　経済

第1条　①国の財政は、国会の議決により行う。

②新たに租税を課し、又は現行の租税を変更するためには、法律又は法律の定める条件によらなければならない。

③国費を支出し、又は国が債務を負担するためには、国会の議決を必要とする。

第2条　①内閣は、毎会計年度の予算を作成し、国会の議決を受けなければならない。

②国会の議決に基づいた予備費の支出については、総統がその責任を負う。

第3条　①株式会社日本銀行を外局とする銀行部を、総統府の中に置く。

②総統府には、国税部及び主政部を併設する。

③主政部は、経済企画部、技術企画部及び行政企画部の三者構成とする。

第4条　①国の収入支出の決算は、すべて毎年総統府が、これを検査する。

②検査報告に異常があると認めるときは、総統は副総統に閣議の開催を求め、内閣に対し必要な指示を下すことができる。

第5条　①「商法第2編　商行為」に規定する商行為は、契約任意の原則により締結されなければならない。

②労働政策をはじめとする経済政策は、一体社会を形成するため、対等の原則

による人権保障制に資するものでなければならない。
③取引に関する法律は、公正取引の本旨に基づいて、法律でこれを定める。

軍

日本では、自衛隊の在り方が憲法第9条の改正論議として取り上げられている。自衛隊が軍隊であるかどうかについてはさまざまな議論があるが、ここでは、抽象的にどのような軍隊が良いか、軍組織というものの理念型を全体構想として考えてみよう。

まず、民主主義が政治体制として大勢を占め、政治制度の根幹を成しているこの21世紀の地球上で軍隊を編成するにはいかなる原理に基づかなければならないか？　民主主義の政治体制には、民主主義にふさわしい軍事編成原理があるべきであろう。その編成原理は、当然建軍理念の中に現れる。

さて、民主主義は一般に、国民中心の政治体制であって、その体制での政治の最終決定権は国民自身にあるから（いわゆる国民主権）、軍の名前は国民軍と称するのがベストであろう。国民軍が守るものは、究極的には国民の平和生活自体でなければならない。

突如として破れた、国民の平和生活を修復し取り戻すことにこそ、主力がそそがれなければならない。すなわち、国民の平和生活の維持、これこそが国民軍の守らなければならない最終目標なのである。そういう意味で死守目標と言っても良い。

そうした観点から考えるならば、建軍理念の表現は、次のようになるだろう。

「国民の　国民による　国民のための　軍隊　それが国民軍」

これらの言葉こそ、民主主義の軍隊の建軍理念にふさわしいものである。この場合、軍隊の内実は、お互いの　お互いによる　お互いのための　軍隊　となるから、志願兵制の形を取る。誰が誰を強制的に徴兵するということもないはずである。

この建軍理念は、アメリカ合衆国の第16代大統領リンカーンが、有名なゲティスバーグ演説で述べた、

「人民の　人民による　人民のための　政治」

という言葉に依拠したものである。

しからば、国民軍の決起に応じて自発的に参加する普通の国民の民兵組織を、どのように武装組織としてその国民軍の中に収容するか？

この点については、組織化された陸上義勇軍は、正規の国民軍と併せて、拡大国民軍として臨時に戦時結成されるものと考えればよい。つまり、
国民軍＋陸上義勇軍＝拡大国民軍
というわけである。

兵制としては、国民軍と陸上義勇軍は、ともに防衛官庁（たとえば国防省）の自衛官という同一の身分とし、賃金も労働条件も同一待遇とする。拡大国民軍の内部においては、国民軍と陸上義勇軍の相互間に、一切区別を認めない均等兵制を取るのがベストと考えられる。日本の場合については、自衛隊法の条文に記述されていることになるであろう。

以上が、国民軍という実戦部隊の理念型である。

国防省は、民主主義体制下では一般に文官と武官の二部編成となる。組織としては、文武両官に意見のくい違いがないようにしなければならない。国防省における地位序列を、マル付き番号で表すとすれば、上から順に次のようになる。

①大統領　国政の最高決定権　国民軍の最高司令権　国政責任者

②副大統領　内閣の閣議を主宰（議長）

大統領を補助する義務

③国防大臣　閣議に出席するとともに、国防省を総轄する（総轄方針は、閣議で決まった執務指針に基づく）——内閣法

④国防省の二部構成（直列構成ではなく並列構成となす）

文官＋武官＝国防事務官

文官構成——他の省庁と同じ通常の官僚制

武官構成――幕僚制（文官制と並列して武官制を置く）

国防省は文武二官構成を取るが、軍部は文官構成を取る（シビリアンコントロール）

軍部とは①②③の3人構成とする（アメリカでは、この③は国防長官と呼称する）――日本国の憲法第66条第2項を参照（三者ともに文官となることに注意）

⑤文官トップ（つまり官僚トップ）　事務次官

武官トップ（つまり幕僚トップ）　統合幕僚長

武官セカンド（つまり幕僚次長）　陸上幕僚長

海上幕僚長

航空幕僚長

武官の最高会議（幕僚会議）――実戦方針の決定

議長　統合幕僚長

議員　陸上幕僚長　海上幕僚長　航空幕僚長

なお、軍事法廷については、以下の通りである。

・軍事法廷とは、昔の軍法会議のことであり、行政事件とともに、軍政事件として、新設する政事法廷で審理する（軍事政策も、この政事として取り扱う）。

・地方裁判所の中に、民事法廷・刑事法廷と並べて政事法廷を設ける理由は、この政事法廷にも家庭裁判所と同じく違憲立法審査権が最高裁判所から最末端まで、つまり上から下まで貫通するのでなければならないからである。
・地裁判決が出された後、跳躍上告を認めるか否かは、行政事件訴訟法の改正を要するか要しないかの立法政策の問題となる。

以上のことを、国連軍に導入可能なように言葉を入れ代えて読み替えるならば（たとえば、国民軍を国連軍と読み替え、国防省を国際防衛専門機構と読み替えるがごとし）、国連特設軍に対するだけでなく、将来設置されるかもしれない国連常設軍に対しても、意味を持ち得るに違いない。

国際司法裁判所に、国際軍事法廷を設けるか否かは、また別の問題である。

永世中立

「憲法第9条」というエッセーで、私は第9条を戦争の当事者権を放棄したものという意味に解釈した。憲法の解釈論はここで終わり、ここから先の論理過程は、法律学ではなく政治学にバトンタッチされる。憲法学から政治学へと受け継がれたバトンリレーは、いかなる論理を展開させるであろうか。この問題意識から行けば、このエッセーは前回の「憲法第9条」の続編となる。

まず、第9条の法文のストレートな置換文を作る。以後続く論理過程の大前提を確認するためである。

第9条第1項が規定する意味は、㋑国際平和を誠実に希求すること ㋺威嚇外交を行わないこと ㋩国際紛争が起きた場合も我が国は武力に訴えることはしないこと ㋥我が国は外交政策において戦争手段に頼ること（＝戦争を起こすこと、及び戦争に参加すること）はしないこと の4点を指し示している。

続く第9条第2項の規定する意味は、㋑第1項の規定の内容を国際社会に約束するために、国軍を持たないこととし、また同時に、㋺国は交戦権、すなわち戦闘を交《まじ》える権利（または権限）を敢《あ》えて棄《す》てることとした。この2点が第9条第1項並びに第2項のストレートな置換文である。

これらの置換文の意味を汲みながら、政治学的な解釈論（あるいは意味論と言うべきか）を展開する。

a. 無抵抗主義

武力装備を放棄するというガンジー路線を採用している。

b. ただし、国家は存立を続けなければ一億人の生活がやっていけない場合も想定される。

ａとｂとが両立するためには、国を守るために必要かつ十分なだけの軍備は是非とも備えていなければならない。

ｃ．そこで、国を守るために必要かつ十分なだけの実力体系は残すこととした。

ｄ．これが厳しい国際社会の現実の中で通用していくために最小限の武力は残したまま、国の戦争を構える権利を自己否認し、かつ装備面からではなく、権利面から確実な担保宣言を世界に向けて発することとした。

ｅ．したがって、ここに未来永劫、我が国が外国（及びいくつかの外国とのグループ）に武力をもって襲いかかっていくことはもちろん、外国と連合を組んで共に戦《いくさ》に入っていくことも一切拒否する、という「第2章　戦争の放棄」の政治的意味が浮上する。

以上の政治学的構成により、次の結論が得られる。

すなわち、

①戦争をするための軍備は持たない

②戦争をするための権利も持たない

という2点から、戦争の当事者権は一切持たないという権利放棄の確約が窺い知れ、日本は未来永劫、永久に戦争当事国になることはない、という原則が導き出されるのである。

つまり、第9条第1項の「戦争の当事者権を放棄した」ということと、「戦争を遂行するための軍備も権利も持たない」という第9条第2項の担保規定とが互いに呼応し、一種の同値関係を成している、ということが言えるのである。

しかも、この第1項と第2項の同値関係の下に、第1項の文言中で、「永久に」という表現が使われている、ということは、この憲法的文脈を政治学的に読み替えるいう論理変換を経由すれば、これはすなわち、日本はすでに永世中立国になっていることを意味すると考えられる。なぜならまず第一に、現在の日本では、第9条は第1項も第2項も法的効力を有し、すべての法に対する指導条文となっているからである。（憲法第81条参照）

そして先ほども見たように、いかなる地域において国と国とが戦火を交えていようとも、日本は当事者権を持たないがゆえに、どちらの国とも攻守同盟関係に入らない、それも「永久に」ということであるから、ここに現出する政治的現実は、空間的にも時間的にもまさに日本が今永世中立国である、ということになるのである。

なお、手続的には、スイスの場合のように諸外国の同意を取り付ける必要があるという向きもあるかもしれないが、スイスでは過去に、たとえ永世中立の条件として条約締結という手続を踏んだとしても、いつも必ず条約締結を通して周辺国の同意を取り付けなければならないわけではない。スイスの場合には、たまたま条約を結ぶという手順から入っていったというだけのことであろう。

もし、条約締結が永世中立国になるための必須の条件であると考えるならば、それは一国の外交政策（この場合は、永世中立政策）にとって厄介物でしかない。果たして100パーセント自由な外交自主権にとって、そうした負荷は絶対的な必須の条件なのであろうか。要するに、主権の自主性が阻害されるのではないか、という問題である。

こうしたことが、国の主権にいかなる弊害をもたらしたかについての良い例が18世紀後半のポーランド分割である。条約の効力については、憲法優位説の言うごとく、条約よりも憲法のほうが上位であると考える。（なぜ、日本が永世中立国になるのに、中国や韓国・北朝鮮あるいはロシアやアメリカなどの鼻息をうかがう必要があるのだろうか？）

したがって、国内法を制定するだけで、日本の国家体制は、永世中立体制に完全に移行することが可能であると解しなければならない。しかも日本の場合は、憲法第9条という、永世中立国宣言を実質的に包摂する法規定を有しているのであるから、なおさら完全な永世中立体制に移行することは可能なのである。

ただ、今存在する自衛隊は、国際平和を侵さない程度でその存在が認められた実力組織体系であると考えなければならない。ここで、「国際平和を侵さない程度で」とは、「日本が国際社会の中で、その存在目的（＝日本国民全員の生活権を保障しつづけることができるということ）を達成するために必要かつ十分な限度で」という意味である。

したがって防衛政策としては、以上の本質的解釈論に基づいて、「永世中立法」という法律を制定し、憲法第9条を補完すべきであると考える。

もちろん、「永世中立法」をシビリアンコントロールの主なバックボーンの一つとして堅持し、その下で日本の防衛指針を組み立てることの理解を求めながら、日本の永世中立化について、周辺諸国及び主要国の同意を取り付ける、そして数か国条約にまとめ上げるという外交政策もきわめて有効で実益のあることと思われる。

また、「日本及び極東の平和と安全」を守る日米安保条約を「日本一国の平和と安全のみ」を守る条約に改正することも考慮のうちに入れなければならない。

もちろん、日本の国益を主張するのは日本の内閣の自由であるから、日米安保条約の改正をアメリカ政府に申し入れること自体は、それが一国利己主義に陥るのではない限り、全くの日本側の自由である。

ところで、比較的防衛力の小さな国が永世中立国になろうとすれば、どこか大国と安全保障条約を結んで、兵力の提供を受けるのも一概に悪いものとは思えない。なぜなら、兵力の提供を全く受けられないものと仮定すれば、小国は絶対に永世中立国になることはできないものとなるからである。

ただしそれは、その兵力提供国が一国利己主義に陥らない限度での話であって、たとえば日本を起点にしてアメリカが周辺諸国に必要以上の威嚇力を示す場合には、アメリカ側に一国利己主義のミスがあったとして、日本政府がアメリカ政府に対して抗議を申し入れることは可能であると考える。

なお、読者の参考のため、永世中立に関する法制の出発点に位置すべき法案の具体例を示しておこう。

第1条（宣言規定）　日本国は、日本国憲法第9条の規定を受け、国際社会において永世中立国であることを宣言する。

第2条（国際規律関係）　日本国憲法第73条第2号の規定により、内閣が外交関係を処理するときは、日本が永世中立国であることを旨として、その国際規律関係の創出に努めなければならない。

第3条（周辺国の同意）　外務省は、日本の永世中立を確保するため、周辺国の同意を取り付けるべく、ただちに外交交渉を開始しなければならない。

聖断

もし、この日本に神の申し子がいたとしたら、特に天皇制についてはどのような判断を下すであろうか？　私がその神の申し子になったつもりで、神聖なる判断すなわち聖断の内容を推測してみよう。もちろん、これは私の独断と偏見に基づくものであって、何ら神の意志そのものではない。

まず、天皇制の必要性について。この点については、聖徳太子が自《みずか》ら制定した憲法十七条の第12条が参考になる。その中で、最も印象的な語句が、「国に二君なく、民に両主なし」という文言である。これは私の解釈によれば、一君万民思想を表しているのである。国には一人だけ君主が居て、あとはすべて民であるという思想。一国において超越した存在は一人だけで、あとの者は皆、その一人に従うべきであるという、言ってみれば絶対君主が一人、すべての民の上に君臨することを正当化する思想である。一人だけ君臨する絶対王者の絶対王権の所在、すなわち天皇家の権威を高めるための言説と考えられる。この一君万民思想をわざと曲解すれば、別の意味になるかもしれないが、その意味を押し進めれば、士民思想になってしまう。これが発言者である聖徳太子の真意でないことは、聖徳太子の身分や、『日本書紀』の該当箇所の前後の文脈から明らかである。事実、その当時士民蜂起など一つも起こっていないところを見ると、マルクス的な意味の階級闘争は全くなかったものと考えられる。奴隷王朝は成立せず、日本の民は事態を正しく理解していたという歴史判断が成り立つ。

ただ、蘇我馬子がその言葉を悪用するチャンスを窺っていた気配は、『日本書紀』の文体から感じ取ることができる。聖徳太子が、脇腹に蘇我馬子の短刀を感じながら、馬子とコンビを組んで政務を取りしきってきたのは、太子の胆力がいかに驚異的であったかを想像させるものである。マホメットと同時代を生きた太子の人並みはずれた人格力は、超人的という言葉でさえ月並みなものに感じさせるほど、凄《すご》みを持っている。

なお、絶対王権に関連するが、後に武家社会になってから、二、三の党派性の中《うち》で「ほかに比べればワシのほうが上」という相対王者が出てきて相対王権を確立する。この相対王者の実例が源頼朝であり、徳川家康なのである。したがって、幕府とは、相対王者の政府だったと言ってよい。

この絶対王権と相対王権の併存する統治機構を、私は二重王権制と呼んでいる。

上部に絶対王権の重石《おもし》がなくて、相対王権だけであったならば、全体の統治構造は不安定なものとなる。このことに気付けば、相対王権が安定度を増すために絶対王権も役立っているということを、簡単に見て取ることができよう。この二重構造にこそ、日本の国家権力を柔構造にしている秘密が隠されているのではないかと私には思えるのだ。これを書いている途中で気付いたことであるが、この2つの権力が親子や兄弟のような一枚岩ではなく、別々の家柄の者によって担《にな》われていたということがキーポイントだったのではないかと思う。この構造体こそ二重王権制の本質なのではないだろうか。イスラム文明圏のスルタン・カリフ制はどのような構造をしているのだろう？

この歴史経験から言えば、天皇制というものは、将軍制と並んで必要欠くべからざるものであったと言うことができよう。すなわち、将軍制の権威にお墨付きを与える奥の院として、権威の拠り所となっていたと考えられるのである。分かりやすく言えば、日本の統治を保証する、権威の本家本元こそ天皇家の存在価値であったのである。ちなみに、右大臣織田信長の冠位は正一位であった。

この、日本国の統治を保証する、ブランド価値の製造元という本質は、現代においても少しも変わっていない。その証拠に、日本国憲法第6条は、内閣総理大臣を任命する者に天皇を指定し、最高裁判所長官を任命する者に天皇を指定している。

したがって、日本を統治する力を保証する必要性がある限り、天皇家したがって皇室は必要であり続けると思われる。

次に、民主制の可能性について。この点については、天皇制を必要でないとする立場を、民主主義が深化したというふうに読み替えることが大前提となる。具体的には、大統領制の導入という形に問題をとらえ直すことによって、民主制の可能性を探ってみることになる。そこで、日本において大統領制が成り立つか否かを検証してみようと思うのである。そのために、日本国憲法の改正案が作成可能か否かを調べる。

この場合、第1章　天皇　は、第1章　大統領　となる。以下、第1条から第8条までの8個の条文を伴う改正案を検討してみた。その8個の条文を列記する。

第1章　大統領

第1条　大統領は、日本国の元首であり、主権の存する日本国民を代表する。
第2条　日本国の統治権が及ぶ範囲は、法律でこれを定める。
第3条　①大統領は、国民が直接これを選出する。大統領選に関しては、第47条を準用する。
②大統領の任期は、4年とする。
③大統領は、衆議院議員及び参議院議員を兼ねることができない。
④大統領が国庫から受ける相当額の歳費は、別に法律でこれを定める。
第4条　①大統領は、国政を決定する一般的権限を有する。ただし、衆議院を解散する権限を含まないものとする。
②両議院で可決された法律は、大統領が署名したとき、公布されたものとする。大統領が署名しなかったときは、その法律は却下されたものとみなす。
第5条　①大統領は、副大統領を1名任命する。
②副大統領は、文民であって、国務大臣から成る閣議を主宰する。
③大統領が欠けたとき、副大統領がその職務を代行する。
第6条　大統領は、自衛隊の最高指揮権を有する。軍事特別判断は、国会の承認を要しない。

第7条　大統領が、緊急の必要上採った措置については、緊急教書を国会に提出することにより、その承認を受けなければならない。
第8条　大統領は、最高裁判所の長たる裁判官を任命する。

改正後の前文を別個掲載する。

前文
日本国民は、正当に選挙された国会における代表者を通じて行動し、われらとわれらの子孫のために、諸国民との協和による成果と、わが国全土にわたって自由のもたらす恵沢を確保し、政府の行為によって再び戦争の惨禍が起ることのないようにすることを決意し、ここに主権が国民に存することを宣言し、この憲法を確定する。そもそも国政は、国民の厳粛な信託によるものであって、その権威は国民に由来し、その権力は国民の代表者がこれを行使し、その福利は国民がこれを享受する。これは人類普遍の原理であり、この憲法は、かかる原理に基づくものである。われらは、これに反する一切の憲法、法令及び条約を排除する。
日本国民は、恒久の平和を念願し、人間相互の関係を支配する崇高な理想を深く自覚するのであって、平和を愛する諸国民の公正と信義に信頼して、われらの安全と生存を保持しようと決意した。われらは、平和を維持し専制と隷従、圧迫と偏狭を地上から永遠に除去しようと努めている国際社会において、名誉ある地位を占めたいと思う。われらは、全世界の国民が、ひとしく恐怖と欠乏から免かれ、平和のうちに生存する権利を有することを確認する。

われらは、いずれの国家も、自国のことのみに専念して他国を無視してはならないのであって、政治道徳の法則は、普遍的なものであり、この法則に従うことは、自国の主権を維持し、他国と対等関係に立とうとする各国の責務であると信ずる。

日本国民は、国家の名誉にかけ、全力をあげてこの崇高な理想と目的を達成することを誓う。

この検討過程で判明したことは、国家には手足だけでなく、手足を動かす頭脳部分が絶対に必要であるという当然のことである。公法的な意味で「人」であるためには、手足だけでなく頭脳も必ず必要であるというわけである。

総じて、日本の糾合力を維持するには、大統領による民主制よりも、伝統的な天皇制のほうがはるかに価値が高いと考えられる。この天皇制の下に自由民主平和主義の体制を花咲かせるのが、日本民族の知恵と言うものであろう。

人類は、戦争を欠かすことができないほど、殺し合いが好きである。識者の多くは、今度第3次世界大戦争が勃発したときには、人類は絶滅するであろうと警告を発している。しかし、人類は戦争なしで済ますことができるだろうか？　殺し合いが、本当に心から好きなのであれば、日頃のセックスと同じように、周りから止めることは不可能であろう。

これだけ核兵器がたくさん積み上がった現段階では、第3次世界大戦争は、1週間ぐらいで終わるであろうと考えられる。2年も3年もかかるとは、到底思えない。このスピードの時代には、戦争も、コンピューターにプログラム化されて連続的に進んで行くはずである。どのあたりでストップするかは、まさにプログラムがどこで終わりになっているかによって決まるのではないか？　一旦誰かが入力すれば、その完了点まで一気に連続するような気がする。だから、最初に誰が入力するかが極めて重要になるのではないか？　私は、ペンタゴンの秘密など全然知らないが、私の腹の虫がそう知らせる。

しかし、殺し合いが好きなのであれば、人類は好きな殺し合いをしながら滅んでいくことになるのだから、せめてもの慰めとすることができよう。日本人が、人類の一員として他の人々と共に、同時に滅んでいったと自らに言い聞かせるよりほかに、もはや数少なくなった残りの者の気持ちの収めようはあるまい。常に戦争をしたがるような素振《そぶ》りを見せる人類の、当然たどるべき運命とは一体どのようなものなのであろうか。不吉な予感がするところである。

なお、私はスーパーマンではないから、一旦コンピューターが動き始めたら、それを止めることなどとてもできないとだけは言っておこう。

【探究─哲学・数学】

ソクラテスの知恵

ソクラテスは、無知の知を説いたとされる。哲学の根本は、まず何よりも自分の無知を自覚することから始まるというわけである。たとえば、化学者が経済学の何ほどを知っているであろう、逆に経済学者が高分子化学についてどれほどのことが分かっているだろう。もちろん、これらは科学の諸分野についての話であるが、哲学についても本質的に同じことが言えるはずだ。（当然、当時のギリシアの哲学においても今の現代の哲学においても）大切なことは、何を専門にする人についても、自分の専門とする分野以外の事は何も知らないということをまず自覚することが必要だという点だ。

私事で恐縮なのだが、昔、会計関係の仕事をしていたとき、税務署の税務調査に立ち会ったことがあった。ある金属工芸品の製造販売をしている個人営業主のアトリエで調査は行われた。調査は何事もなく進んでいったが、途中、芸術家の職人の風格を持つ個人営業主が一言、「取引や経済のことは何も知りませんで」と言った。それに対して、税務調査官が次のような言葉を発した。

「誰でも専門のことしか知りません。私らでも取引や税金のことしか分からないんです」

この言葉は、そばで立ち会っていた私に強烈な印象を与えた。目から鱗《うろこ》と言うほどではないが、世間というものはどういうものであるか一瞬にして悟らせるほどの威力を持つ言葉だったのである。世間とは、各専門知識を持った人々の集まりである、ということの深い意味を、私が洞察した瞬間であった。この瞬間を逃《のが》せば、私は一介の世間知らずで一生を終わらねばならなかったであろう。年の頃30代の、平凡な税務調査官の発言が、私に人生の真実を余すところなく照らし出したのである。

自分の専門分野以外のことは、誰でもシロウトである。このことは別に学問だけに限らず、アスリートやエンジニアの分野でも同じだろう。家事であっても、その家事をソツなくこなすためには、やはり頭を使わなければならないことも多いはずだ。

そう考えてくると、自分のやっている仕事に誇りを持てるということが、いかにすばらしいことであるかという一つの結論に達するのである。人は、もし適職に就いたと思えるなら、素直に自己を肯定しその仕事に打ち込んでほしい。家事なら家事で、消費需要を支えるための家事労働に力を尽くしてほしい。日用品の需要も、家事労働の結果生み出されるものだということに気付かなければならない。消費需要も、座りっぱなしのダンナよろしくただジッとしていれば勝手に沸き上がってくるという呑気《のんき》なものではない。

経済学の上から言えば、「供給の力」を生み出すものは、生産力であり、「需要の力」を生み出すものは、吸引力である。生産力は、結局、人の力と機械の力の相乗効果として現われるが、生産力を大きめにするか小さめにするかのコントロール（需要分析による経営意思決定）は、経営者の判断に委ねられている。その経営判断の結果、自社の作った製品が市場に出てくることになる。そして、その市場に出てきた製品を買い取る力が「需要の力」であり、この力は「部品を吸引する力」であるメーカーの派生需要の力と「日用品を吸引する力」である主婦（夫）の最終需要の力（この力の源泉はカネの力である）の2つに絞られる。この需要の力によって製品を買い取った時に支払われたカネが、メーカーの手に渡ることを経て、一連の取引の流れは終結する。供給力と需要力のちょうど均衡する点で価格と販売数量が決まるのである。このあたりの考え方は、「消費者主権」という概念でかなり前から通説になっている。見えざる神の手とも言う。

さて、話が中途から私の経験談に逸《そ》れ、思わず経済力学のことにまで及んでしまったが、元のソクラテスの話に戻れば、無知の知とは、物事を根本から究めることを目指すものであるということが言えよう。単にあの部分の知識、この部分の知識を集めるというだけの収集活動を指すものではない。百科辞典を作るのが目的ではないからである。したがって当然のことながら、百科事典を覚えるのも目的ではない。

では、無知の知を習得すればどのような能力が身につくのであろうか？　まず無知の知自体を究めるにも、相当の修練が必要となる。この「死の修練」と普通呼ばれる哲学の方法は、自己否定の繰り返しを要諦とする。つまり、一応の事を知っている自己を、一旦疑ってみるのである。そうすれば、物事を概観していた自分が、今や枯野原に佇んでいることに気づくに違いない。恐らく松尾芭蕉が死の床についていたときに見ていたと覚しき光景に出くわすはずである。この光景は、自分にいかに何も知らないか、ということを知らせるであろう。これがすなわち、無知の知に達したということなのである。この哲学に特有の手順を繰り返す過程において、無意味な装飾音は消え去り、物事の根本を探求する能力が身につくのである。

この深海底のようなところから、今度は上方へ向けてUターンし、自己肯定の上昇過程に入る。この上昇過程をたどるうちに得られるさまざまな知識こそ真に獲得すべき本当の知識なのである。これらの本当の知識は、大胆に自己否定を繰り返すという勇気を必須の条件とする。なぜなら、深海底には、当然のことながらいきなり行くことはできず、深海底がどのようなところであるかについて予《あらかじ》め詳しく知っておくこともできないからである。深海底より深いところへ行くことはできないのと同じで、自己否定もある限界から先へは続行することができない。必ずUターンしなければならない（つまり自己肯定に転じなければならない）臨界点に到達する。もしそれ以上自己否定を続行しようものなら、今度は別の危険すなわち自己確立の失敗というギリギリの難所を通らなければならなくなるのだ。この臨界点に到達して無事、知識狩りをしながら帰還した者のみが、人類の知の栄冠を手にすることができる。

ソクラテスが知の探究者に期待したものは以上のような努力を推し進めていく情熱を持ち続けてほしいということにあったのではないかと思われる。これは、アメリカのフロンティアスピリット（開拓者精神）にも通じる話ではないだろうか。

現在の日本の文教政策に最も必要なもの、それはこのフロンティアスピリットを日本の子どもたちに植えつけることにあるのではないかと考える次第である。虚弱な精神の持ち主が多くなり過ぎた時代であると思うから。

空間論または基本哲学

私は、空間の世界を4つに分かつ。すなわち、

価値の世界＝評価の世界

存在の世界＝目に見えるものの世界

気配の世界＝目に見えないものの世界
行動の世界＝意志の世界
の4個である。
この世の中心部分を成す「目に見えるもの」を核として考えれば、
価値の世界　　は条件論
存在の世界　　は自体論
気配の世界　　は様相論
行動の世界　　は人間論
である。

ラブホテルを例にとれば、価値の世界とは評価の世界のことであるから、これから行こうとするラブホテルの代金が大体いくらぐらいか、見込みを立てるという世界であり、見込みを立てる恋人2人の計算意識が働いている。端的に言えば、自分と財布との間の世界である。これはもちろん、価値感情が微妙に作用する局面であり、客観的な価値定在とは明らかに異なる。そして、ラブホテルの建物という存在の世界を前にして、値段表を見ながら目的となる部屋の借り賃が高いか安いかを判断する。高ければ他のラブホテルにしようと女が男に耳打ちし、安ければ男と女の相談がまとまって入室することに一決する。つまり、皮算用を行う価値の世界が、存在の世界の条件となっているのである。不倫が行われる空間は、価値の世界から入っていくことになる。

存在の世界は、目に見えるものが立ち並んでいるごく当たり前の世界で、その目に見えるもの相互間にどのような関係が成り立っているかが重要なポイントとなる。現代では科学の力が全盛で、ａという目に見えるもの（存在）とｂという目に見えるもの（存在）の間に、因果関係が成り立つか成り立たないかが重要な認識基準とされている。因果関係とは、すなわちａが原因となってｂという結果が生じているのであるか、または、ｂが原因となってａという結果を生じているのであるか、ということを見究め、その時間的前後関係をも含めて原因たる事実と結果たる事実を確定すること、これがまず要求されるのである。どちらが原因で、どちらが結果であるかが不明であるならば、第2段として時間の前後関係を調べる。時間的に前に起こった事実が必ず原因たる事実であるとは限らないから、再び時間的前後関係を不問に付し、ａ事実とｂ事実は相関関係にあるとして命題化するに止《とど》める場合もある。

科学とは、この原因たるａ事実と結果たるｂ事実の間に原因と結果の系列（すなわち法則）を設定するという仕事を受け持っている。この因果関係のほかに、マックス・ウェーバーは、目的論的連関と言って、目的と効果の系列を考えている。つまり、人間の意思が入らない場合には、「原因と結果の系列」、人間の意思が入る場合には、「目的と効果の系列」が成り立つ可能性があると指摘しているのである。

政治勢力によっては、この「目的と効果の系列」を意図的か意図的ではないかはハッキリしないが「原因と結果の系列」ということにして、必然的にこのような結果が生じたと説明している向きもある。すなわち、論理のすり替えがなされているのである。このことは、意図的でないとすれば、論理の混乱であり、意図的であるとすれば、まさしく国民をわざとだましたということなのだ。

ともあれ、ラブホテルにおける存在の世界とは、言わずと知れた「大人のオモチャ」の世界であり、「お楽しみの世界」というわけだ。その設備投資の支払いは、手形による決済であったであろうが、交換価値と信用価値の価値授受は、一つの価値の世界を経由したものと思われる。存在の世界は、存在それ自体であるから、要するに目の前にあるものすべてが展開する世界そのものであり、それ以外のものではない。

目に見えるものの世界である存在の世界に対し、目に見えないものの世界として気配《けはい》の世界というものがある。よく若い人たちが言う「空気を読む」というのも、この気配の世界のことを指している。「空気が読めない」というのは、「察しが悪い」ということを意味するのであり、人生を生きていく上での嗅覚《きゅうかく》の鈍さを指摘されたものと考えるべきである。彼らの空気感は、一瞬にしてその場の空気のすべてを嗅ぎ取る鋭さを護身術として求めている。当然、この気配の世界には忍術や合気道の世界も含まれている。忍びの者は、周囲の気配からすべての状況を察知して（つまり、空気を読んで）、ただちに行動に移るのである。ある種の年少者のなかには、友情からの忠告と考えてこの忍術の原理を持ち出す者もいるくらいである。芸術や宗教が目に見えないものの世界であることは自明のことである。この目に見えないものの気配の世界は、目に見えるものの存在の世界とは違って、直感（観）が極度に重視される世界である。芸術や宗教が、科学と同等の立場を確保しているという点から言っても、人生においていかにこの直感が大切であるかが分かるであろう。私が前に出したラブホテルの例においても、気配の世界が、目の前の存在の世界とほぼ同等の重味を有することは、その予約した部屋に入った瞬間からすぐに隣室の気配を探りたがる気持ちが働き始めることからも感じ取ることができる。隣室の目に見えないものの世界は、これほど強い影響力を目に見えるものの世界に押し及ぼしているのである。目に見える世界には、物質だけでなく、人物も存在するが、それにも増して、存在するものの何もない芸術や宗教の威力の大きさを垣間《かいま》見る思いがする。

以上で空間の条件論、自体論、様相論を終わって、意志の世界、すなわち行動論に移ろう。ここでの「行動」は、人間の行動に限定する。したがって、行動論は取りも直さず人間論ということになる。先のラブホテルの例で言えば、セックスそのものを行うという一行のみの世界に尽きる。

空間での人間の行動は、大略会社員としての行動である。会社員のする行動とは、平凡ではあるが、仕事をするということである。会社員の仕事は、最初のうちは、与えられた仕事（ルーティンワーク）をソツなくこなすということに尽きるが、そのうち仕事を開発することが期待されるようになる。つまり、新たに仕事を創り出すことが要請されるのである。「仕事を創り出す」ということは、社会の中で必要とされる仕事を探知し、一定のパターンに組織化すること、煎じ詰めれば、仕事を創造するということである。イノベーションという言葉の中身は、こうした内容を持っているのだ。これが労働新時代の幕を開けるキーポイントとなる。標語の形にすれば、「自由労働から創造労働へ」という言葉に要約されるのである。

なお、マルクスの書いた『資本論（経済学批判）』は、ヘーゲルの精神現象学との対比の中で言えば、社会現象学と捉え直すのが最も妥当であると考える。

論理学の展開

ニュートンの運動法則・万有引力の法則、アボガドロの法則、パスカルの法則、ボイルの法則など世に現れた法則なるものは数多いが、マルクスの立てた法則なるものは、果たして本当に法則なのであろうか。

マルクスは、法則という名の下に数々の仮説を立てているが、その集大成として、『資本論』の本文が終了した後に、「価値法則」について述べている部分がある。「価値法則」とは、ある辞典の要領の良い記事によると、「商品の価値が決定されるメカニズムを、その源泉や商品交換などから解明する経済法則のことであり、特にマルクスが『資本論』で展開したものをさす」らしい。

しかし、マルクスの方法では、コストの合計は出せても、売価の実現は明確にすることができない。すなわち、その商品に由来する入金額を科学的に決めることができないのである。このことはつまり、売上高を確定することが不可能であることを意味し、ひいては会社の決算が赤字か黒字か全く区別がつけられないということを、自分のほうから告白しているようなものである。

マルクスの法則とは、一体どれを指すのであろうか？「価値密度」という私の発見した概念の助けを借りなければ、需要と供給の均衡点を見つけられないのではないか。アルキメデスの原理は、浮力と重力の均衡によって成り立っていることを忘れてはならない。

その上、マルクスは、立てた仮説を観察や実験を通して実証する過程、あるいは統計を通して事実確認する過程がすべて脱け落ちている。したがって、彼の仮説はやはりまだ仮説のままであって、何らそれが結論であることを指し示す証拠を提示しているわけではない。もし、彼の提出した仮説が、ストレートに結論そのものになるのであれば、その途中の証明過程を飛ばして、仮説＝結論とすることになるから、それ以後、他の命題の証明においてその仮説を用いるということは、最初の仮説の上にさらに第2の仮説を積み上げるだけのことになるのであって、いつまで経っても真正の命題すなわち、正しい結論に到達することができない。

　これは、科学の観点から言えば、第1仮説、第2仮説、第3仮説、第4仮説、第5仮説……と無限にマルクス本人の哲学思想を並べているだけであることを意味し、何らニュートンやアボガドロ、ボイルなどと並ぶ科学的に意義のある法則を樹立したことを証拠立てるものではない。しかも、これらの独自の哲学思想をいくら並べ立ててみても、会社が赤字であるか黒字であるかを一向に判別することができないという事情に変わりはない。つまり、自分の会社が赤字なのか黒字なのかを区別する判別式がないのである。したがって、『資本論』は経済科学書ではなく、唯物論哲学書であると判断すべきこととなる。

　さて、『資本論』は弁証法という論理学の上に成り立っている。弁証法は、図示すれば次図のようになっている。

　原子間引力は、万有引力の法則のごく当たり前の適用例であるが、電子間斥力は万有引力の法則の逆の形を成すものと考えられる。電子間斥力は原子力のことであるから、原子力は結局、逆立ちした万有引力の法則、すなわち引力がすべての原子を作る力であるとすれば、この逆立ちした万有引力の法則とは、すべての原子を無きものとしてしまう力を生

合：上方統一概念（プラスの合概念）

プラス領域

矛盾から来る反発力
（引力の逆）※

反：側方矛盾命題

正：正命題

※電子と電子の間に働く力のようなもの（電子間斥力）

原子の中で働く力（原子力）

マイナス領域

合：下方統一概念（マイナスの合概念）

なお、

原子間引力

万有引力の法則の

電子間斥力

マイナスの引力

プラスの引力　原子と原子とではプラスに働く

マイナスの引力　電子と電子とではマイナスに働く（負）

プラスに働く場合から見れば、マイナスに働くのは逆の場合に当たる
マイナスに働く場合から見れば、プラスに働くのは逆の場合に当たる
いずれにしても、互いに順逆の関係にある

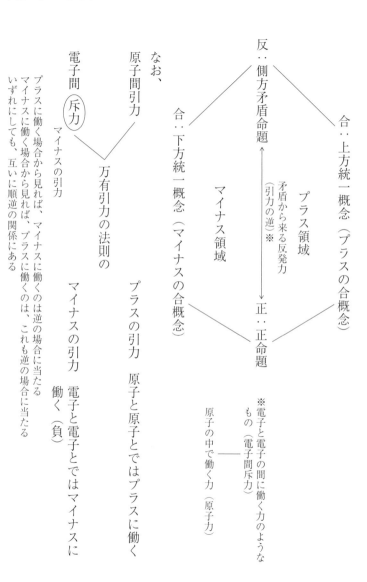

み出す根源を記述している原理であると考えられる。

つまり、原子と原子との間では、万有引力は正常に働くが、電子と電子との間では、異常に働くものと考えるのが至当である。これで、原子力の異常性に関する証明がなされた。

ところで論理学の上では、弁証法であってもやはり、それは三段論法の形を取っている。つまり、正の位置に来る正命題は真であることが大前提であり、その否定形である反命題は偽、よってそれと同値の小前提に位置する側方矛盾命題は偽であり、そして、その小命題に対する否定、すなわち否定の否定は肯定に該当するが、偽の否定であるから真である。どういうことかと言うと、大前提、小前提と来て、次に位置する三段論法的な意味での結論、すなわち合命題は、真であることを意味することになるのである。ただ、合命題は弁証法的統一概念であるが、先の図のように、上方で統一する場合と下方で統一する場合の2通りの場合がある。上方で統一する場合を上方統一概念（今、これをプラスの合概念としておく）、下方で統一する場合を下方統一概念（今、これをマイナスの合概念としておく）とすれば、どちらも合命題であるから先ほど述べたように真そのものなのである。したがって、真なる合命題は、上方統一概念と下方統一概念の2個あることになる。ということは、歴史学で言えば、弁証法的発展だけでなく、弁証法的退行も同時に真であることを意味している。発展のほうの真（つまり、プラスの合概念）だけを取り上げ、退行のほうの真（つまり、マイナスの合概念）を見落としたマルクスの『資本論』は、重大な誤りを犯しているということになるのである。また他方、上方か下方かにかかわらず、二個の概念を一個の概念にする統一概念に対し、一個の概念を二個にする弁証法的分割という考え方もあり得る（この逆のたどり方を、逆弁証法と言っておこう）。『資本論』が半面の真実しか明らかにしていないという事実が、これで明白になったものと思われる。マルクスは、ヘーゲルの『大論理学』を一知半解しかしていなかったことが浮き彫りになった。

ところで、三段論法の、大前提・小前提・結論という三段構造において、大前提が真であることに疑問を感じるときは、どうすべきか？　それでも疑いを呑み込んで、その大前提から出発しなければならないか？

これに対する解答としては、大前提の設定自体に問題があると答えざるを得ない。つまり土俵の設定自体に問題があるのであるから、その土俵には上がらないことを選択すべきなのである。ヒビ割れのできた土俵に、わざわざ上がる力士がいるとは到底考えられない。大前提に疑問を感じるとき、そのこと自体は大前提に Yes でも No でもないということを意味する。すなわち、大前提として保留である旨を提示したということに等しい。それでも、その大前提から出発しなければならないとすれば、その大前提に Yes か No かどちらかに無理矢理決めてかかってからしか出発を許さないという強制性を帯びることになる。その結果出てくる結論は、当然強制性の色合いの影響を強く受けたものにならざるをえない。
これは、大前提に対して保留している趣旨を正しく汲み取らなかったことによって導き出される結論であるから、この推論の進め方はその当然の結果として、自由の余地を含まないものとなる。したがって、ヘーゲルの論理学は、近代自由社会にふさわしい論理学とは言えない。この場合、弁証法は、過去の遺物にすぎないものと考えるべきことになるであろう。

しからば、フランス革命を経た後に現れた自由社会のイデオロギーとして、どのような論理学がふさわしいであろうか？

私はこの点、Yes と No の2項目のみの選択肢を認める論理学から半歩進んで、休止符の役割を務めるような自由項（賛成項及び反対項に対し、当面の判断は一旦棚上げにするための選択肢）の役割をある程度認定する論理学を考えている。すなわち、仕事の合間合間のための休息時間に一定の意義を認める立場に対応する。フランス革命以後に現出した、ややゆっくりした精神状況と歩幅を等しくする論理学が誕生する気運が生じてきて当然だからである。

新しい論理学が成立する余地が、ここに開けてくる。後にその新論理学の概要を述べるが、今のところ私はその新論理学を「玄証法」と名づけている。

論理学史から言えば、弁証法は元々、プラトンの対話篇に由来し、その対話の進行によって真実が明らかになることを期して、ヘーゲルにより命名された方法理論である。私は、この経緯からプラトンの方法を口証法と呼び、ヘーゲルの確立した方法理論である弁証法と区別したい。ヘーゲルの弁証法は、出発点である正命題が、疑いもなく真である場合しか使えない方法理論であることに注意しなければならない。論理学の目的は、ある命題がウソを含まないことを証明するものであるから、その方法理論が使える場合と使えない場合があることを弁（わきま）えていなければならないのは当然のことである。まして、丁か半かといった博打《ばくち》の世界とは全く縁もゆかりもない。

ヘーゲルの難点は、大前提を出発させるためには、ある命題が真であることを支持することが不可欠の要件となる点である。さらに言うならば、大前提となるはずの正命題が、偽であると認められる場合や、真であるか偽であるか疑わしい（だから明確な態度決定を保留する）場合には、ヘーゲルの弁証法は、のっけから立往生を余儀なくされるという点がタマにキズなのである。

そこで玄証法であるが、物事を証明する論法の世界で、基本的に2つから1つを選ぶ方法ではあるが、常に一つ、自由の余地を残して議論を進めていく方法論として構成する。

現代日本では、一つのことを問うのに、回答の選択肢はYes, Noおよび保留（自由の領域）の3つを用意するのが普通である。ただ、Yes と No の拍の強度は、強――強　で同じ重味を持つが、保留については、Yes と No の強度とは異なり、やや拍の強度の弱い重味しか持たない。すなわち、4分音符2個＋《プラス》8分音符1個　のようなリズム感を呈しているのだ。これを2拍子半の思想と呼ぶならば、玄証法は2拍子半の思想を基にして成り立つ論理学説であると言えよう。

話を弁証法の話に戻すならば、弁証法では法則性は出てきても、自由律は保障されない。ここに、科学がやたらに発達し、道徳や芸術が相対的に衰退していく根本的な原因がひそんでいる。

玄証法では、大前提としてYesから入る場合、Noから入る場合、保留から入る場合、の3通りの場合に応じて直面する世界が異なってくるであろう。Yesから入る場合は、目に見えるものの世界と直面し、存在の世界が開けてくる。Noから入る場合は、目に見えないものの世界と直面し、気配の世界が開けてくる。保留から入る場合は、自由の世界を確保・維持することになるから、熟慮の上での意志の世界、つまり行動の世界が開けてくる。合計3通りの世界、つまり存在の世界、気配の世界、そして行動の世界で総体世界は成り立っている。空間はここに完成し、茶道・華道などの生育基盤である日本的な空間が現出する。非合理主義の哲学が日本哲学として姿を現すのは、このようにしてである。能楽の表現する非合理主義の哲学もその例外ではない。もとより、非合理主義の哲学は不合理の哲学ではない。

それに、存在、気配、行動の3軸から成る日本哲学の総体世界は、（実数、虚数、空数）

の3数から成る立体空間、すなわち湯浅空間と一対一に対応させることも可能である。たとえば数式が出てきて哲学の世界を数学の世界に読み替える必要があるときには、f、g、hを関数記号として

f（存在）＝実数　　実在性

g（気配）＝虚数　　空気感（空気を読むということ）

h（行動）＝空数　　ベクトル性

という変換式を立てて、哲学の内容を数値化すればよいのである。そうすれば、哲学の内容が3種類の数値（＝数式の素《もと》）を用いて異色三次元空間に図形化できるであろう。ただ、これは目の前の哲学世界に数値というとっかかりが出てきてこそ有効な方法であり、関係式を通して、実数、虚数、空数の3種類の数値の配置関係が決まるのである。この3種の数値の配置関係から一つの配合具合が決まるから、ここに価値の世界が成立し、主観的な「評価の世界」へと視野が開けてくる。数字が全く出てこない場合には無効な方法でしかない。

人間の計算意識を手がかりにした数学構成、すなわち数理論理学（数理哲学の一種）が、事後展開されることになるはずである。これこそがＡＩ（人工知能）の繰り広げる論理過程であると思われる。

霊感

霊感とは、インスピレーションのことである。天才にのみ起こる独特の現象である。これから私の経験した事実とその簡単な分析を記述しよう。

予言者が啓示を受けるとき、光より速い速度でインスピレーションが走り回る。インスピレーションは、脳幹の後頭部から脳溝を通り頭頂葉を経て前頭葉に達する。その後、前頭葉からどこへそのインスピレーションが進むのか、厳密には全く不明である。恐らく、到達した前頭葉から反転し、再び前頭葉を経て脳溝を通り、脳幹の後頭部から体外へ抜けるものと思われる。だから、自覚症状としては、そのとき意識が走っているような感じがする。さまざまな分野のインスピレーションの中でも、啓示を受ける瞬間に降りたインスピレーションが最も速いスピードであった。私自身、宇宙の端の大鉄傘に至った感じであった。ただし、宇宙の端の点すなわち端点という感じのものではなかった。端点より少し手前まで行った感じであった。余裕幅が少し残っているようであった。

その時走っていた意識は、発光ダイオードのような青色をしていて、横長の長方形のワクを、横方向と縦方向の2方向へと進んでいくように思えた。心理座標（五十音図に、横座標と縦座標から成る実数平面を敷いたとき、浮かび上がってくる言語平面）から考えて、二元性を持つと考えられるので、横方向と縦方向の2方向に分かれたものと推測される。大鉄傘を、意識が2方向へ分かれて進行する時、青色をしている光は、物理学的には、恐らくチェレンコフ光だと考えられる。

チェレンコフ光の速度をv《ヴィ》とすれば、v＞c（光の速度）であるから、この時走り回っていたインスピレーションは、チェレンコフ光そのものである。意識が心理座標により物理光線に読み替えられて、宇宙中を走るものと思われる。

意識が心理座標により物理光線に1：1対応で関数的に変換され、またその物理光線が人体中の前頭葉の脳細胞で裏返されて、元来《もとき》た道を光より速い速度で引き返す（戻る）ものと考えられる。これが、我がインスピレーションの物理的本体である。

以上を欲望論的に考えるなら、一次的根本的欲望（活欲）、二次的根本的欲望（性欲）、に次ぐ三次的根本的欲望として脳欲と名づけることができよう。つまり、脳欲とは天才の脳自体が持つ欲望と考えられる。密教の胎蔵界に育つ欲望である。なお、金剛界は空集合であった。

それなら、この霊感を使って特定の疾病を分析することができるであろうか。難治とされる統合失調症を調べてみよう。まず、その最大の特徴である幻聴という症状について考察してみる。

幻聴とは、どこからともなく幻の音が聞こえてきて、しばらくしてどこへともなく音が消えていく、そうした特異な身体症状のようである。その聞こえてくる幻の音の内容は、当人に害を及ぼす内容のものであることが多いらしい。

その症状の現象からすると、おのおの（三次元空間＋一次元時間＝四次元時空）の現実において、その破れ目から入った声様《よう》の音が、同一の四次元時空の別の破れ目から脱け出ていくもののように思われる。その時に、声様の音がある位置から別のある位置へ移動するが、その間にいくらかの時間が経っている。現実には一次元の実時間であるが、一次元ではあっても虚数で表されるような、実際にはない時間（すなわち虚時間）が経過したような感じになる。この時に現れる声様の音は、幻の音である。これは、ドップラー効果によるものであろうか？

音が何かによって餅のように引っ張られていくような実態は、万有引力の法則による音の引っ張り効果のような感じがする。（虚音効果説）

この虚音は、原子と原子の間の万有引力の法則によるドップラー効果だと考えられるが、実際はどうなのだろうか？

実際、日本人である私には、日本語で「船が出るぞー」という誰かの声となって聞こえてくるときがある。ガスマスクを着けた神武天皇様《よう》の声がする時もある。日本人の集合的無意識（ユング心理学）の声であろうか？

もちろん、私の耳の中で聞こえるのではなく、私の耳の外で聞こえてくる。したがって、

私に幻聴が聞こえてくるわけではない。（集合的無意識の虚音効果説）

私には耳の外で聞こえてくるが、人によっては耳の中で聞こえてくるかもしれない。これが、統合失調症患者の幻聴という現象であるように思われる。

この際、人格の統合性が渦を巻くように吸い上げられて崩れていくような声が現われる人もあるようである。（人格の渦巻崩壊）

以上、幻聴とは、数学的な表現を使えば、3本の実数軸で表される実空間と、一本の虚数軸で表される虚時間の組み合わせによって現われる虚実こもごもの音効果であると考えられる。

なお、幻聴として聞こえてくる主な声以外に、副次的に、「きちがい」という捨てぜりふや、追い回されている女性の「やめてーな」という声が出現する場合がある。音効果だけでなしに光効果としてドップラー効果が現れることもある。光効果が、眼球の外で現れるなら物理空間の現象であるし、眼球の内で現れるなら医学空間の現象である。

とにかく、心理過程と物理過程が入り交じった複雑な病が統合失調症なのである。幻聴とは、言ってみれば、無意識が腹話術を使っているような奇妙さを伴う不思議な現象である。もちろん、虚音も音であるから、当然大小の差があり、デシベルのことを考えても分かるように、程度の強弱の違いもあり得るであろう。自分の裏心（あるいは下心）を実際に聞いてみるのも楽しいものであるかもしれない。

虚数と三元数

皆さんは、虚数というものを覚えているだろうか。$i=\sqrt{-1}$で定義された、ガウス記号 i で表される数のことである。虚数というものは忘れても、複素数という数は覚えているかもしれない。

一般に、数は1、2、3……という自然数から始まり、整数や分数を経て、有理数・無理数から成る実数の世界で一つの宇宙を構成する。この宇宙は、現実そのものを反映していて、確かに存在している。実数は、現実に根ざした数で、実数と呼ばれるのもそのことに由来する。この数は、昔からあった数である。

それに対し、虚数はガウスという数学の大天才が生み出した想像上の数で、現実の世界には何ら存在しない。言ってみれば、虚数は観念論の数で、実数は唯物論の数なのである。

実数＋虚数で複素数を表記する、ということを高校で教えられたと思うが、この複素数は、したがって観念論と唯物論の両方で創作されたキメラの数なのである。このキメラの数を平面上に書き記せるようにしたものが、ガウス平面である。観念的唯物論の土俵を提供する平面と呼ぶこともできよう。

ガウス平面は、実軸を表すｘ軸と虚軸を表すｙ軸の２本の直交軸によって形成されるが、ここに1本、新たなz軸を、この交叉する直交軸に垂直に立ててみよう。3本の実数軸によって形成される立体空間のようにである。すると、ガウス平面という平べったい平面の上に、何か未知の数（実数と虚数以外の数）を尺度とする柱が立ち、この互いに異種類の数、実数・虚数・未知の数（ここではこれを空数としておこう）の3個の異種類の数によって目盛られる、独立した立体空間が立ち上がる。

実数は単独で一定の値を示すが、虚数は単独で一定の値を示す以外に、多くの場合、実数とのコンビで、きわめて多くの値を示すことができる。すなわち、実数＋虚数で表記される複素数の世界が広がるのである。この加算形式で表された複素数の位置を特定するのに2本の軸を要したが、新たに立ち上がった立体空間の3本の軸（実数軸、虚数軸、空数軸）の間にも、加算形式で表した一定の数（ここではこれを三元数とする）を対応させるのがベストであると考える。すなわち、

実数＋虚数＋空数＝三元数

の世界である。ここに、実数の世界、複素数の世界に次いで人類史上3番目の数体系、三元数が成立する。後は、空数にどのような形の数をはめ込むかだけが課題として残っている。

新たな数、空数はそれまでの実数や虚数からかけ離れた、何か突飛な定め方ではなく、実数や虚数との連続性がなるべく保たれた形で定めるのが良いであろう。そこで、空数〇↓（オイケン）を、実数と虚数の足し算でない組、つまりベクトル的な成分の組として定義する。

つまり、例をあげれば

$6\vec{O}=6(2,3i)=(12,18i)$

といった形になる。

実数＋虚数＋空数

$=5+7i+6\vec{O}$

$=5+7i+6(2,3i)$ ……（A）

のような同値変形までが可能となる。

もし、（A）式をさらに展開したければ、

$6(2,3i)=(12,18i)$

に、何か展開規約を定めて、その規約に従って同値変形をすればよいであろう。

一つの例として、$(2,3i)=2\cdot 3i=6i$

といった内積の形を取ることも可能である。そうすれば、（A）の三元数は、

（A）の三元数$=5+7i+6(2,3i)$

$=5+7i+6\times 6i$

$=5+7i+36i$

$=5+43i$

という見慣れた複素数に還元することができる。

これで、複素数までの世界を脱したことになる。

実数＋虚数＋ベクトルの世界は、あくまで複素数までの世界にすぎず、ガウスによってすでに確立されている。複素数までの世界を脱するには、空数を2つの実数の組としてではなく、実数と虚数の足し算でない組、つまり実数と虚数の成分としての組で考えなければならない。

かくして、数論は、完全に複素数の世界を離れた。

なお、論証の途中で使った（実数、虚数、空数）の3数から成る立体空間を湯浅空間と名づける。

$\overset{\downarrow}{0}=\sqrt{0}$で定義された、湯浅記号$\overset{\downarrow}{0}$で表される数を空数とする。

【愛とは、幸福とは】

愛と宗教思想

須弥山《しゅみせん》とは、仏教で言う、世界で一番高い山で世界の中心にそびえ立っているとされる。仏教はインドで成立したから、恐らく世界最高峰であるチョモランマ（昔で言うエヴェレスト）にヒントを得たものであろう。もちろんヒントを得たというだけのことで、チョモランマ＝須弥山とするバカはいない。しっかりした計器類も存在しない紀元前において、チョモランマ山の高さを正確に測ることはできないから、世界最高であるかどうかも分からないし、ましてそれがイコール須弥山だと断定できる根拠など一つもないからである。

仏教の宇宙観にのみ出てくる須弥山は、確かに高く険しい山なのであろう。そのちょっとした高台になっている頂上は、愛染浄土と呼ばれる。即身成仏の教義で有名な高野山も頂上は広い高台になっていることは、行ってみればすぐに分かることである。

その高野山真言密教の経典「理趣経」は、愛欲などの欲望がそのまま悟りであることを表わしていることなど、真言密教の開祖空海の大肯定思想からすればごく当然の当たり前の事柄であった。だからこそ、戦国武将がこぞってその墓標を金剛峯寺に建てたのであろう。
とにかく、須弥山頂上の愛染浄土は、煩悩即菩提の世界なのである。周りには、宇治平等院鳳凰堂の飾り金具のような天女が幾人も飛遊している。もちろん、薄い白雪も飛び交っている。

あの醜い戦乱の世を戦い抜いてきた戦国武将たちには、いくら否定を重ねても決して到達することのできない次元が終局的な意味での肯定、すなわち大肯定であったのである。せめて死んだ後ぐらいには、平和な、のびのびとした愛の世界に身を浸したいという心底からの願いが、彼ら武将たちを高野山奥の院へ向かわせたのである。

好き合った2人であっても、絶頂からその先にある、「死ぬほど好き」という境地へは、その前提として、それぞれがそれぞれの精神世界を高めまたは深めることが必要となってくる。この努力過程は、2人一緒にというわけにはいかない。自分一人で切り開いていかなければならない孤高の精神世界である。2人のうち1人がベースキャンプとなり、もう1人が高山に続く空気の階段を登る二人三脚の世界なのである。つまり、須弥山頂上までの二人四脚体制とは全く異なった体制への組み換えを必要とするのである。

ここで、一本少なくなった手足は、新たに2人の間に命綱という新しい手足を創り出すのだ。

これは「いのちの一本化」という現象であり、「一心同体」という言葉で表現される。昔、松尾和子という歌手がいたが、彼女の歌い上げる世界はこのような世界であった。江戸時代の心中物を扱った文学も、この世界に相当するであろう。円月殺法がこの世界と関連があるかどうかは私には分からない。

この「いのちの一本化」まで来たのは、我が日本では聖徳太子ただ一人であり、聖徳太子だけが知っている三昧境《ざんまいきょう》である。

後述するが、我が考想した円教は、この愛染浄土を含め、一定の広がりを持った世界なのである。地球浄土の思想とは、そのような意味合いにおいての宗教思想なのだ。

ところで、大日如来は真言密教の教主である。この如来は宇宙の本体であるとされ、日輪の意を表す。あらゆる仏・菩薩《ぼさつ》も呑み込む法身《ほっしん》仏であって、宇宙全体を包括する器《うつわ》のようなものなのだ。要するに、大日如来とは、宇宙全体をすべて包み込む大きな、大きな風呂敷なのである。

両界曼荼羅には、智をあらわす金剛界曼荼羅と理をあらわす胎蔵界曼荼羅の2つがあるが、その名前の付け方からして、金剛界は男体《なんたい》、胎蔵界は女体《にょたい》という、2種類の人体から象《かたど》った精神世界であることが瞥見《べっけん》される。キリスト教でマリアに受胎告知を行う大天使ガブリエルは、胎蔵界の子宝を祝福したのであろうか？

円教を開く

1

私が開いた円教とは、仏教に対抗する宗教であり、円を通貨単位とする日本に花開いた、人格の円熟と円満な社会を目標とする生の宗教である。死の宗教である仏教に対し、自己がここにこうして存在していることに最終的に満足を覚え、率直に自己を肯定する、大肯定の宗教思想を特徴とする。誰か他の者から出発するのではなく、あくまでも私一個から出発する。個人主義と言うか、個性主義と言うか、まさに「個人の尊厳」原理に立脚した、100パーセント自己責任を求める完全単独主義の宗教なのである。完全単独主義であるから、自己自身が信仰の対象であり、良くも悪しくも自己を強く信じ、よって来《きた》る結果には善因善果、悪因悪果の法縁を信ずる立場なのである。善の結果は善なる原因からしか生じない、悪の結果は悪なる原因からしか生じない、つまり自業自得《じごうじとく》をそのまま認める立場である。

2

釈尊は生まれてすぐ、「天上天下　唯我独尊」と叫んだ。この叫びは、釈尊（＝釈迦）自ら自分を信じること、自己自身が信仰対象であること、したがって自己を信じることが一番であることを高らかに宣言したものであった。「自己を信ぜよ」釈尊の第一声は、このようにして発せられた。この広い世間を渡っていく、唯一で最も強力な方法は、「自己を信じること」しかも、「自己を徹底して信じることに尽きる」釈尊の教えの第一号であった。この教えの本尊は、各人の自分自身だったのである。円教が仏教を母体とし、人生において自己否定を繰り返しながらも、究極的には自己を大肯定するに至る、その各自のプロセス（心理過程）を大切にするゆえんは、実にここにあるのである。

3

この自分自身を本尊として善悪を切り分けていくオンリーワンの宗教思想。これこそが、自分の力のみを頼りにして生きていくべきことを推奨する円教の、自身仏の理論なのである。悪道の行いは、刑法の各罰条により処断される。行為主義を採る刑法は、もちろん行為者主義ではないから、たとえ悪いことを行ったとしても、その人の全人格を否定し去るものではない。たとえばある殺人を行ったとしても、その特定の殺害行為がどの程度悪質であったかを司法では取り上げるのであって、決してその犯罪人が全面的に悪人であると決めつけるものではない。全面的な悪人が、今度は窃盗を行ったとしても、その窃盗の行為だけについて、有罪・無罪を決定するのである。この刑法の行為主義の前には、その被告（つまり犯罪者）が善人であるか悪人であるかの区別は、何の意味をも持たない。

4

もし、宗教から司法へ、バトンタッチがなされるべき事柄が起こったとしても、それは円教も含め宗教の関知するところではない。

5

現在、日本では憲法改正問題が浮上し、個人の自由から全体の自由へ、自由の重点が移行しつつあるのではないかという危惧《きぐ》が、日本の国民の間には存在している。社会が、自由民主主義から全体主義へ変わりつつあるのではないかという心配をする人もないとは言えないであろう。

6

元々自由民主主義の原点は、「個人の尊厳」原理が基《もと》であった。「家柄の尊厳」が消え、「個人の尊厳」がほとんどすべてを覆い尽くしつつある日本では、国民主権とは、個人主権であって、集団主権の謂《いい》ではない。したがって、階級主権も全体主権も存立する基盤を持たない。

7

円教は、生の宗教である。生きるよすがとしての宗教である。仏陀は、自身仏を信じることにより、自からの人生を切り開いた。このことが仏教を成立させた。したがって、自身仏は死の仏ではなく、生の仏、生きるための支えであり続ける。より良く生きるための宗教、それが円教である。

8

日本で生まれた円教は、ここで男性に無、女性にも無、の一字を贈る。南無阿無。日本人全員に最高善が実現しますように。無で満たされた言魂《ことだま》が、無時間で無字空間の全宇宙に浮遊し、ダークマターを洗い清めますように。南無阿無。金剛界と胎蔵界にも行き渡りますように。南無阿無。

9

比叡山坂本の大阿闍梨《あじゃり》は、特に寂光浄土について、私との魂の交流の中でドストエフスキーの「大審問官物語」よろしく、次のように話した。「最高善を実現する方式には2通りあります。その内実面から、衆生楽土では、物質的幸福と精神的幸福を同時に実現するという方式と、その容器面から、衆生楽土を個人の幸福と公共の幸福で同時に満たすという方式の2つである。共生社会は共生社会であっても、人々がただ生きているというだけでは意味がありません。全員ハラペコで生きていても仕方のない話ではないでしょうか。ですから、共産主義にも一分の理があるとは言えると思います。要点は、物質と精神、個人と公共の偏倚《へんい》地獄から人々をいかに救い出すかにかかっています。まさにこの偏倚地獄から個人の霊魂を救い出す衆生済度にこそ、僧の役割はあるのだと考えられます」

10

確かに、今度の日本の大戦においては、経済の国家管理と政治の独裁主義を望む心模様が主流になりつつあった。すなわち、マルクスに源流を持つ2つの社会主義、レーニンの左翼社会主義とヒトラーの右翼社会主義は、ほぼイコールであったのである。一方は、自ら独裁者になるとは限らない独裁主義者の集団、もう一方は、自ら独裁者を自任する狂信者の取り巻き集団として、二重政党制を形作っていた。この二重政党制が、日本では左翼から右翼への転向の心理的受け皿を用意した。この賃金奴隷から労働奴隷へ、国有制ではなく党有制へすり替わっていく心理過程は、ドストエフスキーの『悪霊』にも生き生きと描かれている。つまり、マルクス主義のイデオロギーは、奴隷制を左右に分けるために、運命のカジを切る役割を果たしつつあったのである。これが、先の大戦下の社会情勢についての円教の基本認識である。左翼にせよ右翼にせよ、独裁主義者（独裁者も当然、独裁主義者の一員である）は警戒しなければならない、という教団の基本方針の表れなのである。

11

先の大戦が終わり国家独占体から解放された日本は、自由と民主主義の恵沢を受けることになった。新版の憲法は、天皇を国民全員の総代理人と規定した。その結果、国民の一人一人は、自分自身の自由な発想に基づいて政治も経済も、そしてそれ以外の事柄も、自主的な判断によって自ら決めることができるようになった。戦前のように、天皇がすべて何もかも決めるのではなく、国民一人一人が自主的に、自ら考え、自ら判断を下し、自ら決定し、自らの行動を律していく、そのような個人社会に切り替わったのである。ただし、個人社会に切り替わったと言っても、国民の個人個人がそれぞれ好き勝手をしてよいというわけではない。個人の言動は、あくまで自らの判断によるものであるから、他の個人に迷惑を及ぼした場合には、自ら責任を取るのでなければならない。こうしたことが、「個人の尊厳」に基礎を置く基本的人権の、そもそもの出発点なのである。この「個人の尊厳」を否定する、ということは人権を無視する下地を作る、ということに等しい。

12

「人間は、個性主義の下で暮らすほうが生きやすく、一様主義の下で暮らすほうが生きにくい」

天国のデカルトは、私に霊界からテレパシーを送信してきた。人生をより良く生きるためのよすがとして人の役に立とうとする円教は、もとより仏教ではない。したがって、生きにくい生き方を選ぶより、生きやすい生き方を選ぶのが、死の宗教である仏教とは違った円教の、よりベターな生き方の方法であると考える。

13

円教の「南無阿無」の名号は、「南無」という挨拶語に、I am の am を結合させて創られている。すなわち、「十戒」という映画に出てくる「I am that I am.」の am である。He is. の is ではない。You are の are でもない。まさに、「南無阿弥陀仏の南無＋I am の am」なのである。「私がここにいることに感謝します」という自己肯定感をよりどころとする名号こそ、「南無阿無」の言魂《ことだま》にほかならない。柳生新陰流の極意である剣禅一如は、活人剣をもたらした。しかし、人を活かす剣の極意も、有為転変により滅び去る時が来るに相違《ちがい》ない。その時、私は入滅時の「菩提樹」として、金のリンゴと銀の梨を選ぶであろう。

14

歴史は織物である。沖縄の人たちは、芭蕉布でどんな歴史の織物を綴ってきたであろうか。歴史の究極目標である、愛と平和と自由の調和が保たれた社会と個人は、どのようにして可能であろうか。武力平和主義と絶対平和主義の2つの道が走っている。武力によって平和を守る道と外交によって平和を守る道とである。永世中立を前提とする平和への道は、反撃力として最小限度の武力には頼るであろう。平和のための最後の担保的手段が全く不必要であるとは考えられない。結局のところ、これは武力と外交の比率の問題なのである。悲観主義的な立場では、たとえば武力7：外交3の重点の置き方になるであろうし、楽観主義的な立場では、武力2：外交8の、重点の置き方になるであろう。この重点の置き所によって、悲観主義者の武力平和主義と、楽観主義者の絶対平和主義とが分かれてくることになるのである。

15

愛とは無権力の状態を意味する。ゆえに、世界平和とは、国際的無権力状態が持続することである。平和は愛を要求する。愛は自由を基礎とする。自由は歴史の魂である。自由の感情がほとばしり出るとき、歴史は動き、自由の女神は自から姿を現す。天と地に光が走る。

16

かつて歴史は、どのような動き方をしたか。我が日本では、かつて平氏政権から源平内乱を経て、武家社会に至った歴史がある。平氏政権、特に平清盛は神戸の大輪田泊《おおわだのとまり》を通じて日栄貿易を独占し、経済の一手支配をもくろんだ。経済を独占しようとしたのである。次いで、源氏の勢力が勃興し、鎌倉幕府を創設した。政治の独占はここに完成した。こうして、武家社会が定着するに至った。この武家社会は後に、軍事を独占する戦国大名の乱世へと展開する。

17

世界レベルで見ても、同様の例がナチスに見られる。ナチスの時代は、経済の独占が横行する帝国主義の時代であった。この帝国主義の壁を打破するため、社会主義を目ざす2つの勢力が台頭した。1つはドイツ共産党であり、今1つはナチス（国家社会主義ドイツ労働者党）であった。この2つの政党の権力闘争は、ナチスの勝利に帰し、政治の独占が現実化した。2つの社会主義勢力は、競り合いながら、政治の独占、つまりは権力の独り占めの先陣争いを演じたのである。経済の独占にせよ、政治の独占にせよ、富や権力を独り占めする独占欲は、果たして宗教の立場から見て、許されるものであろうか？　もし、この独占欲を野放しにしておくならば、日本歴史で見られたように、世界規模の戦国時代に突入するであろう。政治（権力）の独占は、社会主義の一党独裁を生み、大虐殺の限りを尽くすに至った。日本歴史の先例から見るならば、この権力の独占という一事は、軍事の独占をもたらすであろう。なぜならば、織田信長や武田信玄が活躍した戦国時代は、各戦国大名が軍事を独占した結果出現してきた異常な事態だからである。

18

こうした大きな被害をもたらす独占欲を退治する一つの方法が、円教の自身仏の理論なのである。仏陀の「天上天下　唯我独尊」の叫びを自身仏の宣言と解釈する我が円教は、共生社会の実現に参加する。極楽浄土・寂光浄土をあの世ではなく、この世に実現するのである。この共生社会の建設運動が成功すれば、この世すなわち地球上に浄土を実現することができるであろう。地球浄土の思想に栄冠が輝きますよう。南無阿無。

19

日本では現在、高齢者問題がクローズアップされている。この高齢者問題は、姥捨山《うばすてやま》の例からも分かるように、放置死の殺意を誘い出す社会のしきたりを、いかに封ずるかという大きな論点を伴っている。村の役に立たなくなった老人を、夜中にこっそり捨てにいくという行為は、元々、村八分の感情が腹の底にあったことを示している。村八分の感情は、一様主義の心理強制によるものである。皆と一緒でない、変わっているという集合的利己主義たるマナ識のなせる業《わざ》なのだ。

20

こうしたマナ識の心理強制から我が身を守るには、個性主義による（心理的）防衛機制を我が心に敷かなければならない。自分を信ぜよ、自分の良心を信ぜよ、という絶対命題は、こうして自身仏の理論に結実する。「個人の尊厳」を起源とし、「唯一無二」の尊さを強調するオンリーワンの思想は、自身仏として花開く。自身仏には、行いの良い人（行身仏）と考えの良い人（思身仏）とがいる。行いに自信のある人は行身仏を、考えに自信のある人は思身仏を目指せば、原初の自身仏は、菩薩となって姿を現すであろう。

21

以上の自身仏に対し、さらに対身仏が用意される。対身仏とは、いわば取引相手であったり上司から見た部下、または部下から見た上司であったりする。夫婦の場合は夫と妻の関係を成すし、親子の場合は親子関係となって現れる。近所付き合いの人間関係も、この自身仏・対身仏の相互尊重を基本とする。社会の人間関係は、自身仏の自尊と対身仏の敬愛を根幹として成り立つのでなければならない。自身仏と対身仏との間には、常に無我の感情の交流があるはずである。

22

仏教の人間存在の理論に対し、円教は人間関係を重視する理論であることが、以上を見ても明らかであろう。商談の成立は、私法における契約信義則の具体化であり、国家と私人の間には、国家信義則が断続的に、選挙を通じて具体化されている。信義を重んじ誠実に事を処理すべき習律が、世の中には行われているのだ。つまり、人間関係の基本は、諸《もろ》人《びと》の間の信用価値を維持し、あるいはより高めていくことに存在するということである。円教の出自が社会科学にあることを端的に物語っている。

23

では、人間関係を構成する個々の人間には、どのような者がいるだろうか。宗教の立場からすれば人間は善人と悪人に分かれる。善人は自分を含めすべての人の幸福を願い、悪人は自分以外のすべての人の不幸を願う。悪人の特徴は、自分の幸福については特段に強い願望を示し、時には善人のように巧みに身を偽わる。悪人と言われる人の中には、悪人を装わなければ生きていけない立場の人々も交じっている。まことに、善人と悪人の境目は複雑怪奇である。

24

さて、このような善人と悪人のまだら模様の中で、一人の小さな女の子がいじめを受けているという場面を想定してみよう。いじめられている子が追いつめられた末、最後に行きつく内的世界とはどのようなものであろうか。表面は、恐らく「私だけが悪かったんや」という悲痛な叫びとともに小刻みにあとずさりする血も凍るような世界であるに相違《ちがい》ない。

ギリギリの断崖絶壁に立たされている絶体絶命の生き地獄そのものであろう。この表面の世界には、そこまで追いつめていくことに鋭い喜びを感じる悪人の薄暗い心模様が対応している。この心模様こそ、鬼の形相をした究極の悪人の裏面の世界である。善悪は背中合わせであるから、この表面の世界は、必ずこの裏面の世界を伴っている。表面と裏面とは1枚のトランプのように、背中合わせに合わさっているに相違ない。

25

究極の悪人は、最終的に光も洩れることのないエンドホール（終末空間）に行き着く。エンドホールの中で、究極の悪人は人体ごと宇宙から、物理的変化または化学的変化により消されるのである。宇宙には必要のない人体だからである。

26

普通の悪人は、地獄界で責めさいなまれた後、原則として再利用される。生々流転の法則による。親鸞の悪人正機説の言うごとく、生前または死後の後悔が悪人の身を救うこともあるのである。

27

自身仏の理論と自業自得の常識を組み合わせれば、「悪人は悪人の道を行け」「善人は善人の道を行く」という宗教思想に落ち着くのである。これが、悪因悪果・善因善果という因果応報思想に結実する。つまり、前世において悪人の自身仏を信じた者は、来世においては悪人の冥加仏を受け、前世において善人の自身仏を信じた者は、来世においては善人の冥加仏を受けるのである。善人の極楽と悪人の地獄は、前世において予定されている。

28

自身仏・対身仏のうち、夫婦の関係を成り立たせているものは、対偶仏の世界である。自身仏と対身仏が相まって対偶仏を成しているのだ。この対偶曼荼羅は、西洋ではアダムとイブのエデンの園と呼ばれている。平和というものの根本は、この愛の世界にこそ存在しているのだ。まだ他方では、この愛の園は密教の理趣経《りしゅきょう》の世界や禁断の愛の寝所にもつながっている。

29

秘密の殺意と未必の殺意が合体したとき、人は大虐殺の入口に立つ。狂気の世界に踏み込んだとき、人は殺人剣の頂点に立つのだ。ヒトラーの原点では、極端なサディズムを事とする卍理論が踊っている。いつの日か秘密の殺意を抱いた人間と、いつの日か未必の殺意を抱いた人間が、卍の上で死の舞踏を繰り広げる。ヒトラーの原点に小高く控える禿山《はげやま》の赤く血塗られた一夜が、こうして深々と更けてゆく。悪人正機説を取らない私は、自業自得を容認する悪人正則説の完成をひたすら待ち望んだ。

30

善悪を超越した桃源境の清らかな世界は、高天原《たかまがはら》という名前で仙人の目の前ははるかかなたまで、広々と拡がっていた。ニーチェの説く「善悪の彼岸」は、善も悪も持たず、ただただ清浄界として、日本神話の遡及完了点（膨張宇宙の起点）に煌々と輝いていた。

31

憲法は主権者優位の原則で貫かれている。日本国憲法の主権者は国民である。国民は昔、大御宝（おおみたから）と呼ばれていた。その国民は現在、天皇の王権の根源を成している。戦前の大日本帝国憲法では天皇主権であったから、天皇優位の原則が成り立っていた。ところが今は、主権の存する日本国民の総意に基づいて天皇の地位は成り立っている。国民の総意が日本の国の主語を決めたのである。これを王権委託説と言うが、（ある国に、王様が一人だけいて家来が一人もいない状態を想像してみよ）この学説に立てば、国民の基本的人権こそが、何よりも最優先すべき事柄なのである。かくして、民主主義の体制は、日本国の土壌として確立されるに至った。

天皇の存在は、どの時代から始まったのであろうか。初代の神武天皇は、縄文時代の人であろうか、あるいは弥生時代の人であろうか。縄文集落の長であったとは考えられない。ならば弥生時代の日本国王だったのであろうか。いずれにしても、統一王権の象徴であったことは疑いようがない。象徴とは、目に見えないものを目に見えるもので象《かたど》ったときに使う言葉である。したがって、統一王権という目に見えないものを、一人の玉体という目に見えるもので表せば、すなわちそれが天皇なのである。天皇とは姿形を伴った、日本の王様にほかならない。出産の事実を伴った存在であるから、王様は神様ではない。ゆえに、現人神として信仰する神道とは、円教は全く立場を異にする。もちろん、キリスト教ともイスラム教とも、はたまた浄土真宗や日蓮宗などとも異なる独自の宗教である。ここに円教は、憲法第20条の保護を受ける独立した宗教として、立宗を宣言する。信仰の中心に星室庁を置く。カーバ神殿やローマ法王庁のようなものである。

32

円教に対して迫害があったときは、政府の正規軍とは異なった民兵組織を結成し、その迫害に真っ向から対決するであろう。その時結成された民兵組織を「まほろば軍」と名づける。円教の正当防衛権を行使するためである。「まほろば軍」は、円教を宗教的に迫害する敵に対し、真っ向からおどりかかっていく。円教の存立が、そのことにかかっているからである。憲法20条の「信教の自由」は、円教にも保障されているはずだからである。

33

円教の本尊は、救世三尊《ぐぜさんぞん》とする。救世三尊像は、向かって左から月読尊《ツキヨミノミコト》を象った月尊像、天御中主神《アメノミナカヌシノカミ》を象った天尊像、日本武尊《ヤマトタケルノミコト》を象った日尊像の3つの聖像である。この三尊は、3つで一体、すなわち三位一体を成す。仏教の薬師三尊や釈迦三尊のようなものである。救世三尊の簡易型として自尊像を用いるのも許されるであろう。聖なる形は、三ツ形葵とする。

34

へびつかい座の瑞歯別《みづはわけ》より盛んに通信が送られてくる。もちろんテレパシーによってである。彼は在命中、第18代反正天皇を経験した。歯のきれいな天皇であった。星室庁をへびつかい座に置いたという連絡文が私に届いたのである。八岐大蛇《ヤマタノオロチ》を派遣する役所の所在する星座である。

35

では、コーランや聖書のような啓示が私に訪れたであろうか？　詩的な形で降りてきた啓示はない。しかし、理論的な形で降りてきた啓示はいくつかあった。一例をあげると、天皇＝象形人格《シンボリックステータス》という等式である。須弥山《しゅみせん》に登頂する過程で得られたこの等式は、国土と国民に立脚した日本国の富士の姿を表現している。等式の形にはならなくても、言語で表現することのできる論理体系が、啓示として私に降りてきたのだ。必ずしも詩的な形を取らなくても良いのであれば、私に降りてきた論理の形をもって天啓としよう。したがって、私の啓示の特徴は、論理方程式の連続という一種の自由詩なのである。まことに、数学は詩であり、詩は数学なのであった。

36

ロリータ趣味とサディズムのもたらす苦悶地獄は、多くの少女をとまどわせる。このあれか、これかの世界はいじめともなり、私が悪かったのか、あの人たちが悪かったのか、自らに問いかけなければならない差し迫った状況を生んでいる。意味があるかないかにかかわらず鬼面を人に押しつけてくる夜叉の世界は、次々とストーカーを放つだろう。悪人の完全支配の呪いを受けて追いつめられた少女は、自殺への道を余儀なくされるに相違ない。

37

憎しみが憎しみを生むという悪徳の力は、観念の世界に悪徳場を作っている。ちょうど物質の世界における重力場のように。道徳の光は、この悪徳場でゆがめられ、個々人の判断をさまざまに散乱させる。道徳の光は、あらゆる方向からやってくるであろう。物質の世界と観念の世界は、当然互いに一次独立である。したがって、一次従属を前提とする、物質の規定性、あるいは観念の規定性を問題にする必要はない。物質と観念との相互関係は、二元論こそ正解なのである。観念の世界に主観性は、あって当たり前である。人間の全くいない星（ただ原子だけが回っている星）にだけしか、「オール客観性」の情景は存在しないからだ。

38

国際社会に働いている国際信義則は、外交交渉のたびにその有効性を発揮し、国と国との間の信用価値を高めるのに役立っている。このことは、ＰＫＯを始めとする国連の実際行動の上にもハッキリと表れていて、可能な限り「同一歩調の原則」を踏みはずすまいと最大限度の配慮がなされるのも、各国間の信義誠実の原則（すなわち、国際信義則）の結晶過程でよく見られる事柄なのである。

39

人は年若き時、心に秘めた憧れの人を偶像視し、その存在のまま体性秘仏としてまるごと崇《あが》めるであろう。その憧れの人の幸福を計算抜きで実現に導く熱烈な意欲が性欲へと疾駆するとき、性行為は愛の世界を繰り広げる。

40

孤独地獄に陥った諸君が、そこからの脱出を求めるなら、自らの力で生き方を変えなければならない。未来への転生のよりどころを他者に求めるのではなく、自己の中に礎定するのでなければ金剛心とはならない。あくまで自己の中の自尊心に頼らなければより堅い金剛心を得ることはできない。この時、あなたの金剛界は試されるであろう。一つの生命が終わり、次の生命が始まる。この繰り返しの過程を生々流転と言うが、この生き方をバトンタッチするときに、魔王はあなたをねらうだろう。この悪魔の降伏《ごうぶく》は、困難を伴う。日本には没義道《もぎどう》と言って、正義を見失った闇の道を歩かなければならない人々がいる。この固い鉄板天井でフタをされた地下の世界に存在する道、すなわち没義道という道を歩く人々は、悪の底で開き直らねば生きていくことができない。これらの人々に取り憑《とつ》いた悪魔の降伏は特に難しい。

41

蟬の脱ぎ去った抜け殻にいつまでも執着していては、そのこと自体が煩悩《ぼんのう》になるおそれがある。煩悩にしないためには、「拘泥しないこと」または名号を唱えることが有効である。

42

円教は、自己の中の自尊心を頼って生きていく自身仏の世界であるから、言ってみれば己《おのれ》の道を正義の道とする。それは、己義道《こぎどう》を歩む正攻法の生き方なのである。ただし、そこには自業自得《じごうじとく》を本質とする悪人正則説が潜《ひそ》んでいる。

43

人民裁判・宗教裁判は、刑法の行為者主義に由《よ》っている。たとえば人民裁判は、その行為限りには終わらず、その行為者の存在自体を裁くものであるから、中世の宗教裁判と何ら変わるところはない。行為者人格をその行った行為ごとに分節することなく、そのまま一挙に裁こうとするやり方なのである。

44

ここで、殺人という行為を取り上げてみよう。日本の刑事法廷では、殺人の種類・程度により裁判の結果言い渡される刑罰は、「殺し」の態様に応じ重い刑罰（たとえば、懲役10年）から軽い刑罰（たとえば、懲役5年）までさまざまである。これは、刑法の行為主義と言って刑事法廷が、その行為限りの裁きを行うものでしかないことに由来する。

45

さて、日本では天皇が皇位を継承する時、三種の神器が承継される。この三種の神器の受け渡しが、皇位が継承された証しであるとされるのだ。三種の神器とは、八咫《やた》の鏡・八《や》尺瓊《さかに》の曲玉《まがだま》・天《あめ》の叢雲《むらくも》の剣《つるぎ》（＝草薙《くさなぎ》の剣《つるぎ》）という三種の物質である。この三種の宝物が、皇位の象徴として、歴代天皇の正統性を保証する。いわば皇位の連続性を綴った一件書類が3冊あるようなものである。

46

三種の物質が特別視される理由は、大物主神《オオモノヌシノカミ》が三種の神器にのりうつるからである。のりうつらせるための神官の代表が、いわゆる卑弥呼を始めとする巫女《みこ》なのだ。大物主神とは、三輪山という神体に降り立つはずの、天皇ひいては皇室の守護神で、三種の神器とはこの三輪山の三（神聖数）から来ている。三輪山は、大物主神が降り立つ憑坐《よりまし》（媒介物）であり、その媒介物に降り立った大物主神は、三種の神器を通じて「いざ陛下」のごとくその時の天皇陛下の身辺に寄り付き、そこに無宇空間を創る。この無宇空間に包み込むことによって天皇陛下をまるごと守護する。そういう役割を割り当てられた神が大物主神なのである。

47

だから大物主神が一旦三輪山に降り立ち、その三輪山から三種の神器（すなわち、3個の物質）を探し出し、ただちに陛下の身辺に直行する。その目印となるのが、三種の神器である。なぜ目印が必要かというと、天皇陛下の危急時には、一刻も早く身辺を警護しなければ、間に合わなくなるおそれがあるからである。言ってみれば、急を聞いて駆けつける護衛兵のようなものにほかならない。

48

創世記では、創造主が天と地を創造したことになっている（ただし、創造主の具体的な名前は明記されていない）。この相分かれた天の場所と地の場所のうち、天の場所すなわち高天原《たかまがはら》に天御中主尊《アメノミナカヌシノミコト》という神が生まれた。次いで天地の間に国常立尊《クニノトコタチノミコト》と国狭槌尊《クニノサツチノミコト》という二柱の神が、みずがめ座という星座の中に生み出されたのである。国常立尊と国狭槌尊が共同で日本という国の国域を指定し、後の伊奘諾尊《イザナギノミコト》と伊奘冉尊《イザナミノミコト》が地の場所に国生みを行った。これが、日本神話に由緒を持つ日本という国の由来である。

49

円教の究極の境地は、男性の自身仏と対身仏、女性の自身仏と対身仏の二組の対偶仏が互いに切っても切れない関係によって、愛の世界を築き上げるところにある。いわば対偶仏の秘境であり、西洋流に言うならばエデンの園を創造するところにあるのである。

50

悪人は、悪人の義の道を行く。悪人が唯一これが正しいと信ずる道を行くのである。まさに悪義《あこぎ》の旅である。善人も、善人が唯一これが正しいと信ずる道を行く。悪義と正義の二つの道が己義道《こぎどう》にはあるように見えるが、悪人にとっても善人にとっても己《おのれ》のみを正しいと信じて生きていく（すなわち己義道）ことが人生の道であり、その結果、悪人は悪の結果を受け（悪因悪果）、善人は善の結果を受ける（善因善果）。この悪人正則説を成り立たせる心の法則こそが人生の真実であり、この己義道の一本道こそどんな人も踏んで行かなければならない一本道（一本だけしか通っていない道）だと考えなければならない。仏教では、これを二河白道《にがびゃくどう》と言い慣わしている一本だけの細い道である。普通の言葉で言えば、自業自得《じごうじとく》へと続く薄暗い一本道なのである。

51

これこそが、円教の説く自身仏を信じる信仰なのである。南無阿無。湯浅洋一。どの人も踏んで行く一本道であるから、悪人であれ善人であれ全員踏まなければならない完全平等の世界なのである。

52

また円教は自業自得の世界であるから、誰か他人に頼らなければならないということは絶対にあり得ない。したがって、頼るべき救世主は絶対に現れることはない。（絶対律）

53

日本に戸籍があれば日本人、フランスに戸籍があればフランス人、ロシアに戸籍があればロシア人であるが、何人《なにじん》であるかによって通っていく一本の大道に変わりがあるわけではない。すなわち、日本人にもフランス人にもロシア人にも完全に対等に通用する一本の大道を信ずる完全平等の宗教が円教なのである。もちろん、日本人には日本的な変容、フランス人にはフランス的な変容、ロシア人にはロシア的な変容がなされるはずである。（世界主義が基本）したがって、世界中に通用する可能性をはらんだ宗教だと言えるであろう。日本宗教であるだけでなく、世界宗教になり得る要素を含んだ宗教が、我が円教である。南無阿無。湯浅洋一。

54

なお円教は、誰か他人に頼らなければならないということはないから、たとえばキリスト教のように、キリストを信じていれば創造主または救世主が現れて、世の人々を救ってくれるという他人に依存する思想を持たない。全く自分の腕一本で世を渡っていく独立独歩の信仰体系なのである。自分だけを頼りに生きていくことを勧める宗教である。

55

円教では楽園として、地球浄土の思想を掲げる。この思想は、極楽浄土をこの地球に呼び込むことを本旨とする。その基調には、逃げの姿勢に対する拒否感情がある。地球社会を作り換えようとする、一種のユートピア思想なのである。この作り換える主体を励ます信仰、それが自身仏、すなわち自分を仏と信じる円教の立場なのだ。だから円教は、自分の力を信じることに尽きる。

56
家庭の基礎単位である夫婦を全体として対偶仏とみなし、夫が自身仏なら妻が対身仏、妻が自身仏なら夫が対身仏として、お互いさまの関係を築いていく。ここに、男性の自身仏と女性という対身仏、女性の自身仏と男性という対身仏の2通りの在り方が昇華されて、（自身仏、対身仏）のワンセットが確立する。

57
このことは、家族の成員である息子や娘にも、未完成の夫婦として成り立つ真実なのである。現実に、自身仏である息子や娘が今結婚相手のいない独り身であっても、将来結婚するかもしれない異性の相手がどこかにいる可能性がある以上、それは未完成ではあるが、（自身仏、対身仏）の秘仏形態なのである。結婚して、自分にふさわしい体性秘仏を獲得することによって、この（秘仏、体性秘仏）は成仏形態を取るのである。こうして、新たな（自身仏、対身仏）の世界が成り立つ。

58
地球上に、この（自身仏、対身仏）のワンセットをできるだけ多く創《つく》ること、これが地球浄土を実現するための王道だと考える宗教が円教である。簡単に言えば、夫婦円満、家内安全の宗教思想なのである。

59

これが、ひいてはアダムとイブから成るエデンの園を実現することにもつながっていくものと思われる。

60

なお、物理学や数学を始めとする科学の力では、神の存在は証明できない。なぜなら、神の存在はニュートリノに貫かれており、すべてを通り抜けていくニュートリノでは、神があるかないかは識別できないからである。神がある場合は、ニュートリノは通り抜けていくし、神がない場合でも、ニュートリノはそのまま進行していく。結局、神がいてもいなくても、その無機的な位置の通り道をそれることなく、ニュートリノは進んでいくから、外見上は、あるなしの区別が不可能となるからである。

61

「アッラー・アクバル」と叫んで死んでいくイスラムの戦士たちは、いのちと引き換えに何を望んで死んでいくのだろう。たとえ幸福を望んで死んでいくのだとしても、自分が死んだ後に天から幸福が落ちてきたって、別にうれしいことでも何でもないはずだ。自分はその時にはもうすでに死んでいて、生き残った者が、その幸福を拾うだけの話だから。東洋では、そういう場合に使う諺かどうか知らないが、「残り物には福がある」という格言を使うことがある。死んでいった者には気の毒であるが、周りの者は、その人の来世に幸福が来ることを祈るしかあるまい。幸福というものは、生きていてこそ「なんぼのもの」

であるからだ。

62

キリスト教の救世の思想は、遠くユダヤ教の天地・人類の創造神話に由来する。創世記の記述は確かに明快である。だが、ここでどうしても受け容れがたい基本思想がある。それは、創造主の存在が大前提である点である。地球や人類、さらに宇宙自体が、創造の一点において、人間の似姿である神すなわちこの宗教における創造主（本来、神は創造の仕事を必ず受け持たなければならないわけではない。ギリシア神話では、ゼウス＝創造主ではなかった）の具体的な行為をきっかけとしなければ出発し得ないという点なのである。この創造主の具体的な行為を要するという点は、現代の物理科学を前提としたビッグバン宇宙論及びインフレーション宇宙論とは両立しない。法則には行為を要しないからである。すなわち、もし物理法則に従っているのであれば、放っておいてもそのようになるはずのものである。物理法則から見れば、創造主の具体的な行為は必要ではないのではないかという結論がまとまりつつあるのも納得がいく。また、このユダヤ神話は、日本書紀を始めとする日本神話とは基本的な神話構成が異なるから、キリスト教やユダヤ教は、我々日本人に発祥する円教には取り入れるわけにはいかない。

63

神は何を専門とする業者なのであろうか？　何を売ってお金を稼いでいるのだろうか？

キリスト教の教会で売っているもの、聖書や福音書には何が書いてあるのだろう。もちろん、キリストの教えが書いてあることは間違いないが、それらは何を下敷にしているのだろう。キリストの教えは、神の仕事と関係がある（ただ野球の神様が失敗を多発するということがないように、神には百発百中が要求される）。神の仕事は創造ということである（失敗作というものは、ないのだろうか？）が、その創造を完遂するためには広範で深い「常識」が必要となる。神の仕事の成り立ちを完全に理解するには、それで十分というはずもないが、少なくとも広範で深い常識が必要であることは疑いがない。つまり、常識は神の仕事を理解する上で、十分条件ではないが、必要条件ではあるということになる。必要条件はいくらたくさん揃えたからと言って、直ちに十分条件になるものではない。必要条件は、十分条件とは全く質の違った条件なのである。要するに、神は「常識」屋さんなのだ。『マッチ売りの少女』という童話があるが、その話と同じように、神とは常識売りの爺さんなのである。

64

現在の世界の核保有数から見て、今直ちに核戦争に突入したとすれば、原爆の30発や40発は地球全土を飛び交うであろう。ひょっとすると50発は軽く突破するかもしれない。人類の滅亡は必至である。もちろん、人という人は1人もいなくなる。もし、この中で1人でも生き残った者がいたとしても、またクロマニョン人から歴史をやり直さなければならない。焼野原の廃墟の中から、またぞろ時間の経過に合わせた歴史のやり直しを余儀なくされるのだ。「歴史は繰り返す」と言うが、こんな悲惨な繰り返しを何度経験すれば満足がいくと言うのだろう。1度で満足がいかないと言うのであれば、2度、3度と何度でも経験すればよいが、面白くないことを何度も経験するのは、趣味の類《たぐ》いでしかない。核戦争によって人類が全滅するのは、一種の運命のようなものであるから、仕方がないとしても、せめてライオンやチンパンジー、それに子どもたちの良き友達であるパンダの仲間まで道連れにすることは、どうしても避けなければならない。ライオンやパンダにしてみれば、人類が全滅するのは勝手だが、何も我々まで人類と共に絶滅させられるのは迷惑千万だと言うであろう。ライオンやチンパンジー、それにパンダの仲間たちも皆、この地球の住人だったのである。全滅するのなら、人類だけが同時に全滅して、原子の一かけらも残さないように地球から去っていくのが、他の動物たちに対する礼儀というものである。人類が生存に失敗したということのツケを他の動物たちに負わせるのは、行き過ぎた利己主義というものであろう。この美しい地球星は、人類だけのふるさとではなかったのであるから。

65

神の直言書

現代経済の現状は、市場経済と管理経済の二派に分かれている。市場経済とは、経営学的に言えばニッチ埋め込み経済であり、管理経済は、国単位の一元管理を特徴とする単一主導経済という経営方式を取る。前者はボトムアップ、後者はトップダウンという経営意志決定を得意とする。社員の自由は、社員の人海戦術を必要とする以上、前者のほうがより多く必要とされる。

単一主導経済は、行き着くところ巨大独占体を作り出し、一個の巨大経済を生み出す。この巨大独占体は、人間にとって不幸をもたらす魔物である。

独占価格という経済手段を使うことによって、多くの需要に対し市場という舞台に財貨を供給する生産者（及び商業者）側が、世界中でただ一社しか存在しないという状態を現出する。ということは、価格の付け方がその一社の自由自在になり、ひどいときには生産者（及び商業者）側がいくら値段（＝価格）を釣り上げてもブーイングが来ない経済状態にまで立ち至る。

これは、消費需要の担い手である国民の物質生活が、業者側の搾取を通して破綻《はたん》してしまうことをも意味し、その破綻の上に立っての世界の一元支配も可能となる。このことが、ひいては世界独裁をもたらす危険性を大きくする。

世界の終末は、その危険性がピークに達した時に訪れるであろう。地球が、原子だけの回る宇宙にならないように、南無阿無。

（神尊《カミノミコト》）

神の申し子　湯浅洋一（円教開祖）

令和元年9月13日　大津市にて

66

日本神話を読む秘訣は、古代日本人になったつもりで、古代日本人ならこう考えるであろうという論旨を展開することである。そこで、その一例を概略述べてみる。

まず、天と地がまだハッキリ分かれていなかった初期宇宙においては、地球全体がマグマのドロドロした状態であった。マグマのうち、温度の冷えた部分から順に大地が創り始められていった。

やがて天と地が定まり、一人の神が現れた。この神が、子どもの成長するごとく少しずつ大きくなって（葦の芽が萌え出るように少しずつ伸びていって）、神体を備えるに至った。これが、神類の第一代、国常立尊《クニノトコタチノミコト》と申し上げるお方である。

神世七代《かむよななよ》の後、伊奘諾尊《イザナギノミコト》と伊奘冉尊《イザナミノミコト》の男女による夫婦神が現れた。この男女二神が天《あめの》浮橋《うきはし》の上に立って、かき廻し棒でかき廻すことにより、大八洲国《おおやしまくに》を創造した。

この時、天柱《あめのみはしら》の回り方をめぐって女性セカンドの思想が現れた。これが、日本民族主義の最初の思想である。女性は男性より慎み深いことが、たしなみの道とされたのである。後になって、この思想は「大和なでしこ」という言葉に定着する。ただ「イザナギ」「イザナミ」の時代の話であるから、女性セカンドの思想は、神武天皇の御代以前からあったことに注意しなければならない。つまり、神武天皇の出現よりずっと古い時代に由来するから、日本の古来の思想であるということになる。

次に古代日本人の宇宙観を述べる。その宇宙観に従って、三貴神がそれぞれの担当を割り当てられているからである。

古代日本人は、宇宙というものを昼の世界、夜の世界、そして目に見えない地下の世界の3つに分けて考えていたようなのである。だから、禊《みそぎ》を行ったイザナギの左目、右目、鼻から、それぞれ天照大御神、月夜見尊、素戔嗚尊の三貴神が生まれたとされている。

そして、天照大御神は天上と天下を統べ、夜は休む。昼間は、人間活動の行われる日中のみ世界を支配し、朝日が出て夕陽が没するまでの宇宙を主宰する。月夜見尊は、月世界を含む夜分を支配し、星座を展開する。素戔嗚尊は地下の世界を支配し、地球のマントル層にあると覚しき根国《ねのくに》の主《あるじ》として死体を管理処分するものと考えていたようである。

▼第二章　創作

般若

夜《よ》が明ければ、織田信長の軍勢を迎え討たなければならない深夜のことであった。戦国武将浅井長政とその妻お市の方は小谷城の本丸で、二人だけの裸舞《はだかまい》を舞っていた。そばには誰もいない。夫婦二人だけの、まったくの夢中《むちゅう》の世界が現出していた。般若湯を飲み干した男女二人の裸は、月光が照らし出す本丸舞台で、延々と舞い続けた。どこからか、能鼓の乱打する音が聞こえてくる。

二人は、月光の濡らす回り舞台で連理の枝のごとく、長恨歌に見る魂魄を舞い続けた。その日のうちにも、死に別れをするかもしれない二人の、辞世の舞であった。

織田信長が今日のうちにも攻め込んで来ることは必至であった。浅井長政とお市の方は、最後の房事を結んだ後、狂ったように月光の裸舞を舞った。今生《こんじょう》の別れを覚悟した最後の舞であった。興奮の桃源郷に涙は存在しない。戦国武将の気概が空間に満ちた。

能鼓が激しく鳴った。

姉川の戦の前夜のことであった。

立ち居の涼やかな風に燈心がゆらいだ。

戦国の夜は、明け放たれようとしていた。

夢幻は終わった。夢か幻の帳《とばり》は、そのうちに徐々に薄れていった。

朝方、もうろうとした気分の中で見た武将の夢は、はかなくもすでに、あらかた消えていた。

夢から醒めた検事の信田壮一《しのだそういち》は、布団の中で軽い疲労を感じた。カーテンを開けると、真っ青な空が広がっている。今日も一日良いことがあるような予感がした。

信田検事は、大阪高等検察庁の検事長をしていて、法円坂へは毎日京阪電鉄に乗って京都から大阪へ通っている。

今日もまた、手錠をかけられた容疑者の、うっとうしい姿を見るのだろうな。正義の実現を仕事とする信田検事は、いつものことながら、ブルーな気持ちになった。

しかし、顔を洗いながらそんな気持ちを振り払い、普段の職業意識を取り戻した。

自分は悪代官ではないと確信していた彼は、最近の世相については眉をしかめることが多くなったなと、苦々しく思っていた。特に、最近の新聞記事を見ていて気のつくことがある。

問題は、新聞の下段にある週刊誌の広告記事である。以前はヘアヌードとか言って、単にありのままの全裸（特に女性の全裸）を写した写真だけであったのが、最近ではまるで女性の全裸をむさぼるような、一種特異な宣伝記事を見かけるようになった。気色が悪いこと夥《おびただ》しい。写真撮影をしている側の人間が人間ではないような、一種の性欲異常（精神異常ではない）を感じさせる下等さだ。刑法は社会を防衛するための法律でもあるが、その機能が正常に守られるのか心配になってくる。

一般に、性犯罪を構成する「わいせつ」概念を枠づける法原則は、4点あると検事長は考えていた。すなわち、①性器虐待禁止の原則　②性行為非公然性の原則　③性風俗自粛の原則　④誘導性技必罰の原則　の4点である。いわゆるセクハラは④に該当するものと思われる。

中でも、①の性器虐待禁止の原則は、普通人の、性器愛撫の日常原則と真っ向から対立する性行為、すなわち性器虐待を含むものである。普通の性生活では性器愛撫が通常であるから、性器虐待がいかに異常であるかが分かろうというものだ。

この自然性技を否定した、変態性欲の常習化は、女性解体の好みに端を発し、女体を物体視した結果生じた一種の病理に根ざすもののようである。

したがって、この「わいせつ」という法概念は、日本社会の隅々にまでその健全性を維持しようとする目的の下に、捻り出されたものと理解することができる。明治刑法を作った先人の苦労が偲ばれるというものだ。

相手に同意も得ずになされる性行為は、性行為に関する自由権を乱用するものであり、特に犯罪者が相手の同意を得なかった、という点が公共の福祉に反する決定打となる。こうした理由から、国家権力が司法権の行使という形で発動されることが、人々から要請されることになるのである。

検事長の、性犯罪についての法律論は大体以上のようなものであったが、このそういう方面の社会の無軌道さは、他面において政治的な不気味ささえ感じさせるに十分であった。最近の幼女殺人や、一挙に10人以上を殺す大量殺人も、この社会の無軌道さに由来するものと、検事長はにらんでいた。

刑法を守る番人として、検事長は社会の波乱を鎮める自分の仕事を心から誇りに思うのであった。学生時代の行為無価値論、結果無価値論の争いは、検事長の内では、公共の福祉に反する社会的反価値のカタログという形で結着を見ていた。犯罪の連鎖反応を未然に封じ込めることをも考慮に入れれば、なおさらそうであった。検事長は、刑法の本質をまさに生きていたのである。検事長の内においては、公共の福祉に沿った善と、公共の福祉に反した悪とに二分されるのであった。

性生活における般若波羅蜜が、姿を現した。暗い垂れ幕が小さく揺れていた。正面から検事長に向かって近づいてくる般若の仮面が、にっと笑った。

般若波羅蜜とは、6個（6分野）ある波羅蜜の一つで、他の5つの波羅蜜の基本となるもの、あるいは、それらの完成された深い知恵のことを指す。そして、波羅蜜とは、悟りに至るために菩薩が行うべき実践修行の徳目を意味し、布施《ふせ》や禅定《ぜんじょう》など6個あるものとされる。このそれぞれを波羅蜜（知識あるいは気働き）と言うのである。彼岸《ひがん》に至り、菩薩が如来として完成するまでに経るべき修行徳目（気働きもその一つ）のことをそのように呼ぶ。如来として完成した形（人格像）には、釈迦如来はもちろんのこと、阿弥陀如来、大日如来、薬師如来などがある。

それらの六角水晶を成す6つの波羅蜜のうち、一個の基本となる知恵を般若波羅蜜と言うことは初めに述べたが、その般若波羅蜜を短く「般若」と言う。すなわち、煩悩を絶って悟りに至るためのもととなる真実・最高の知恵（言わば奥義）を般若と言うのである。

般若という言葉の原義はそうであるが、その修行中の苦悩を表したものであるのか、そのところは全く分からないが、女性の嫉妬《しっと》を表現した恐ろしい顔つきをした鬼女《きじょ》の能面を指して「般若」と呼ぶ場合もある。

検事長は職業柄、般若を性愛的な方面に求めるので、性愛的般若波羅蜜ということになるであろう。理趣経は、般若経典の一つで、蜜教の極意や即身成仏の実現などを説く。真言宗の基本経典であり、般若理趣経とも言う。

ちなみに、般若心経は「色即是空　空即是色」と述べている。空洞形式論である。

翌月曜日、検事長は朝やや遅く目を覚ました。早速顔を洗ってトーストを食べた後、新聞の朝刊に目を通していくと、いつも見る政治・経済の記事の後に続く社会面、昔で言う三面記事に目が留まった。

大きな記事ではないが、そこに目が留まったのは、女性の人身売買のことかと思われるような変な記事が見出されたからである。ある若い女性に借金をさせて、その借金を返済させるために、その女性を風俗営業に紹介した上、その支払を受けるべき給料の支払を受けさせなかった、つまり無給で働かせていた、という内容で、まさに三面記事と言うのがふさわしいぐらいの内容が記述されていた。そのひどさに検事長は、我が目を疑ったのである。

人権意識の相当浸透してきている現代社会のスピード感覚とは不釣り合いな、何かのろのろとした鈍重さを感じさせるものがあった。それは、女性を遊女屋に売る女衒《ぜげん》の感じさえするほどのもので、いやな感じはそこから来るもののようであった。

検事長には、前時代的な事件性が感じ取れて、胸が悪くなった。このような不愉快さはめったに感じるものではなかった。一種異様な事件構造を予感させた。

法円坂の合同庁舎に着いた後も、その不愉快さはすぐには消えなかった。検事長室の自分の椅子に座って執務を始めても、腹にどしっと来る重苦しさと吐き気のする胸くそ悪さは、しばらく追い払うことができなかった。

　だが、検事長は自分の決裁すべき書類を片付けているうちに、徐々に元気を回復し、仕事のいつものペースを取り戻した。

　事件は最初に地方裁判所に係属するであろう、自分の担当する、高裁向けの公判に上がってくるまでに、まず地方裁判所の判決を経由しなければならない。その時には、自分は東京高等検察庁に移籍しているかもしれないが、事件が自分の目の前に回ってくるまでに、まだ時間には空白がある。警察の取り調べもまだまだ続くだろう。公訴事実は、東京高検に係属するまでに全面的に固まっているはずだ。もし、自分が部下から報告を受けることがあれば、事件の全貌を直接知ることができる。恐らく、その時までには、新聞やテレビ、ネットなどを通じて全国的に報道されているはずだ。日本人の感覚で世間はどう判断するだろうか？


　その日の仕事を終えて、検事長は帰路についた。朝のどんよりした重苦しさは、仕事をしている間に晴れ上がり、今はすっかり上機嫌であった。ビアガーデンに寄っていこうかと思ったほどであった。

　西の空には、きれいな夕焼けが出ていた。宵の明星すら瞬いていた。

　検事長は西の空を見つめながら、アルキメデスのらせんを立体図形で考えたらどうなるだろうと、その場合の表現型を「桐壺のらせん」と命名して円柱座標の関数形を探した受験時代をなつかしく思い起こすのであった。詩情の流れる数理こそ、彼の論理の出発点であった。

翌週日曜日、朝刊記事を読んだ後《あと》、暇のできた検事長は、先週見かけた女衒の記事について考えをめぐらし始めた。

（こういう商売は、最近では個人事業としてではなく、会社の形でやっているだろうな。もうかれば、法人には、たとえ違法な所得であっても税金はかかってくるから、あまり派手にやらないほうが良いだろうが、赤字が出るのもまずかろう。まあよく言われるように、収支トントンか、ちょっと黒字くらいがちょうど良いのだろうな）

訳《わけ》知り屋の検事長は、にやっと笑った。

（会社の内部構造や取引関係も知りたいものだ）

（内部構造は、最低限人事部と経理部が必要だから、この2つは絶対にあるとして、あと連れてきた女を働かせる労働現場として、営業部も欠かせない。これがなければ会社は回っていかないから、当然この部署も必要になる。カネの流れも考えに入れれば、結局最小限の単位でも部署は3つか）

検事長は考えをめぐらしながら、何か自分がベンチャー企業を始めるかのような気分になってきた。

（社長は一人いるだろうが、部長は3部署掛け持ちで一人だろうか？）

と彼は、率直な疑問に駆られた。

（税務署からひっきりなしに調査が入るだろうから、財務省の友人に聞いてみれば、その点は分かるだろう。支払関係は、まず女の紹介者に対して紹介料を払わなければならんだろう。連れてこられた女とは、当然雇用契約を締結することになる。普通は、ここで会社とその女との間にギャラの支払いをめぐって交渉が行われるはずだ）

ギャラの支払いをめぐって基本比率について、ある種の割増しがなされることを急に思い出し、検事長はゲラゲラと笑った。すなわち、人間扱いされる部分と物体扱いされる部分とに分けて賃率を計算する場合の穴機：女性＝4：6という比率（棒機：男性も同じ比率）、穴機扱いには5割増しという比率のことを思い起こしたのである。

さらに検事長は、

（刑罰についてはどうなるだろう）

と、懲役何年ぐらいに落ち着くか推測し始めた。

（ところで、引っかかりを感じる箇所が一か所あった。女とのギャラの交渉に、普通は落ち着くのに、そのギャラが女の手に渡らずに、女がした借金の返済に充《あ》てられているという一点だった。新聞の記事によれば、カネは借金の返済に回り、本人の手には一円も行かないという。ここには、女を人身売買するか、あるいは人身売買をするかのような見せかけが作られている。何のために、このような見せかけが必要なのだろう？　何のカラクリが仕掛けられているのだろう？）

今のところ、検事長には不思議な点であった。

戦前の東北地方では、米の不作によって生活費を稼ぐことのできない貧しい農家が、富裕な金持ちから生活費を一時用立ててもらって、その借金のカタに自分の娘に身売りさせるということが後を絶たなかったそうであるが、その形をワザと模倣しているような、奇妙な類似が気になるのであった。

ＤＶＤビデオの作成においては、女に手渡すギャラは、会社に雇用されている者に対する給料の形を取るが、その給料が毎月手取り０円ということがあり得ようか？

検事長は不思議だったが、戦前の東北地方の例をなぞって考えていくと、このギャラの支払いと同時に、消費貸借契約（貸し借りの意味）の返金ということがいつも反対向けに同額で行われているのである。

これを、簿記を使って仕訳をすれば、次のようになる。

（借方）給料　×××　（貸方）現金　×××
（借方）現金　×××　（貸方）貸付金　×××

簡約すれば

（借方）給料　×××　（貸方）貸付金　×××

となる。

これで会社から借りているおカネ、すなわち会社が貸しているおカネのうち一部が返金され、従業員としての女性に給料が支払われたという形にはなるのである。相殺形式を取るのであるが。

ただ労働基準法においては、現金払の原則というのがあったように記憶していたが、この原則が上記の仕訳においてはあいまいになっていて、労働当局との間で見解の対立が生じるだろうと検事長には思えるのだった。

では、なぜ女性は会社との間で消費貸借契約を締結しなければならない事態に立ち至ったのであろう。

これは恐らく、雇い入れられた女に、雇い入れる際にさまざまな物品を購入させ、その代金の合計額に見合うだけの金員を会社が貸し付けることにより、女に無理に作らせた借金なのであろう。犯罪の一環として行われる借金作りであるから、わざといろんな物を買いまくるように仕向けたに違いない。犯罪心理に相当長《た》けた奴だな。検事長の計算意識がそう囁いた。

もちろん、女は毎日営業現場で一人1回3万円の性サービスを提供する。これが会社の売上になる。

　会社の営業形態としては、以上のような形を取るだろうと推測した。

　そんな折、今まで書いてきた強制わいせつ事件とは別に、一つの殺人事件が起こった。

　夕刊の記事によれば、関東のある地方都市で、若い夫婦の一方である父親が自分の5歳になる幼い童女を虐待の上殺害するという事件である。

　検事長は、直感的にこれはおかしいと感じ取った。我が子を、それもまだ幼い自分の子を、生みの親がわざわざ殺すだろうか？　そこにタダならぬものを嗅ぎ取ったのである。とても人間のやるようなワザとは考えられない、狼か何か臭い生き物、畜生のやるような犯罪なのである。その下等さは異常であった。


　検事長は今朝読んだ朝刊記事の内容を、味わうようにしながら頭の中で反復していたが、ふとあることに気づいた。

「働かされていた女と、幼女を殺害した父親との間に何か関係があるのだろうか？　何か関係がありそうだが」

　検事長の職業的な勘は、そこで停止した。目の前に透明の壁があるような、変な気分だった。

何となく割り切れない気持ちで夕食の食卓に向かう検事長であったが、24時間四六時中検事をやっているような、息が詰まるほどのせわしなさを感じていた。

（子どもも小さいなら小さいなりに、一つの小さな世界を作っていただろうに。すべてを台なしにさせる男が父親だなんてことが、あり得ることだろうか？）

何か鬼の黒い魔手を感じるのだが、なぜ父親なのか、そこへ立ち至らせた事情は何なのか、サッパリ分からなかった。

翌日の朝食後、例のごとく新聞に目を通していた検事長は、そこにある種の小さな記事があるのに気づいた。

虐待を加え幼女を殺害した父親と、強制わいせつで捜査の入った会社の被雇用者である女が、夫婦であったという事実。この殺された子どもの父と母は離婚していて、しかもそのまま同じ市に別々に居住していたという事実。この2つの事実が同時に存在したということが、目くるめくような映像となって、検事長の顔の回りをぐるぐると回転した。

お市の方、日野富子、北条政子、神功皇后そして卑弥呼までが鬼女《きじょ》の顔を現した。鬼籍に入った女性たちが、その恐ろしい般若の面を向け、何枚かのトランプで円陣を作り、回転をし始めた。円月殺法の刃《やいば》が光る。殺意の刀身は翻《ひるがえ》った。

――活人剣は、人を生かすだろうか？

男は居場所を知らせたがるが、女はどこにでも入り込み、黙々と仕事をする。ほとんど居るか居ないか分からない匿名の存在である。

忍者が忍者を見張る。日本とは、そういうところである。

深い暗闇が残った。

紙幣が悪さをする、その結果形成された財物の独占欲が悪徳太子とも言うべきお札《さつ》を走らせる、この連続事件はそういった後味の悪さを残す結果となった……。

その日の夕刊を読んだ時、大阪高検検事長の目は、にわかに光った。

2人の男女が夫婦であったという事実のほかに、児童相談所間の連絡の不手際、それに児童虐待の対応をめぐる諸問題などさまざまな見解が寄せられていた。

そして、その若夫婦は、その関東の地方都市へ来るまでは沖縄に住んでいたことがあるという決定的な一文を目にした時、すべての事実が急速に一つにまとまり始めた。

この事件は、沖縄人の窮境を踏み台にして、不幸の上になお不幸を味わわせてやるという、実に恐るべき冷血人間の、完全犯罪をねらった、いわば実験材料として5歳の幼い、まだ人生を5年しか知らない命をなぶり物にした殺人事件だったのである。少女は、かくして全5年の人生を閉じた。

夫・妻・子三者の小さな幸福を一挙に破壊する、殺人鬼の凶悪犯罪はこのようにしてなされた。犯罪としての家族同時殺人は、社会的実験として成されたものであったのかどうか作者は知らない。

強制わいせつ事件と殺人事件の連続した家族同時殺人――子の人体を破壊、父親の人生を破壊、母親の子への愛を破壊――が行われた三重殺人の決行日から3年が過ぎた。

犯行当地に沖縄がからんでいたことは、検事長にさまざまな事柄を考えさせた。

日本は、天皇さま信心の国である。それは、現人神思想に典型的な形で見ることができる。日本書紀本文をすでにすべて読んでいた検事長は、蛭子《ひるこ》＝沖縄と仮定した場合、話につじつまが合わないところが出てくるだろうかと考えたが、果たして沖縄を捨て子だとする感情が日本人に存在するだろうかと考えたとき、沖縄の人たちに対して本土人は、本土防衛の楯《たて》になってもらったことに感謝の念を抱きこそすれ、少しも捨て子だなどとは考えていないことに思い至った。

伊奘諾尊《いざなぎのみこと》・伊奘冉尊《いざなみのみこと》の第一子は天照大御神という女性の日神《ひのかみ》、すなわち大日女《おほひるめ》であるが、その日神が生まれる前に日子《ひるこ》と言う、初産《ういざん》に失敗した子がいたと日本神話は述べている。続けて、その失敗した日子を葦船に乗せて流したと記述されているが、この葦船で流した先は、果たして沖縄であったのだろうか？　検事長には、日本人の沖縄に対する共感性を考慮に入れたとき、そこに温かいものが流れているのをありありと感じるのだった。異民族に対する冷たさは少しも感じることはなかった。

また、検事長は、この葦船に乗せて流すという部分に、モーゼとの類似性を感じるのが常だっだ。旧約聖書の出エジプト記の読了後、日本神話とユダヤ神話の間には、何らかの関連性があるのではないかと感じる時がある。

この直感から言えば、葦船で流された日子は、古代エジプトとの関連を考えるべきなのであろうか？　古代エジプトと言えば、つまりファラオ制である。

日子は、古代エジプトへ流されてファラオになったのであろうか？

神武天皇は、和名で「神日本磐余彦天皇（カムヤマトイワレビコノスメラミコト）」と呼ばれるが、以後第2代の綏靖天皇を除き、第14代仲哀天皇までのすべての天皇に「彦」という漢字が使われるのはなぜなのか、綏靖天皇の和名にだけは「彦」がつかないのはなぜなのか。

神武天皇の父親にも「彦」という漢字が使われるのは一体なぜなのか。そして神武天皇の祖父は誰なのか、といった問題点にもさまざまな思いを抱くに至った。

別名御肇国天皇（ハツクニシラススメラミコト）と呼ばれる第10代の天皇、崇神天皇と古代エジプトの国王ファラオ、たとえばツタンカーメン・ファラオと並べてみた時、いずれが壮大な感じがするだろうか。両者とも甲乙つけ難しという感じだろうか。

現代天皇制の衰退は、目をおおうべきほどであると検事長には思われた。

それはともあれ、被害者たちにしてみれば、「ふんだりけったりの犯罪」、つまり初めに述べたような意味での三重殺人は、このようにして決行され、このようにして終わった。

事件から3年が経ち、転任して東京高検の検事長となった信田の関心は、室町幕府の将軍制と第6代将軍足利義教、そして京都の町を焼き尽くした応仁の乱に移っていた。もちろん趣味的な意味でである。

『日本書紀』の「巻第5 第10代崇神天皇」の記事を読んでいた検事長は、四道将軍すなわち4人の司令官による十字方陣のことについて考えていた。4人の司令官は、それぞれ一軍団ずつ受け持ち東西南北ににらみをきかす、言ってみれば4個軍団制を意味するのであった。このことについては、陸上自衛隊の佐官クラスの自衛官から聞いたのだったと思うが、はっきりとは記憶していない。

検事長は、次いで、自分の母校京大法学部時代の思い出に浸り始めた。「琵琶湖周航の歌」を覚えたのも、あの懐かしい青春時代であった。自分も周航の歌に惹かれて、ボート部に入ろうかと激しく心を動かされたことも覚えている。

この頃《ごろ》は、近い頃のことは次々と忘れ、若かった頃のこと、幼かった頃のことが懐かしく、まぶたの裏に浮かんでくる。年齢《とし》を感じることも多くなった。

定年間近の検事長は、椅子を後ろに倒し、ゆっくりと背筋を伸ばした。

そう言えば、原爆一撃理論による軍略論について知ったのも、あの頃だっただろうか。原爆を使用する自衛戦争も可能なのだなあ、と不思議に思って感心したものである。武器や兵器についての武装手段論も、防衛大学校では教えているようだ。

夕食を終えた検事は、戦前の2・26事件を報じた記録番組を見るためにテレビのリモコンを押した。

画面には、陸軍軍人が小走りに動き回る、気忙《きぜわ》しい姿が映し出されていた。

番組が終わった後、検事は自宅に置いてある刑法各論のテキストをメモを取りながら読み始めた。そのメモ書きを再現すると、大略、次のようなことが書かれていた。

内乱罪の構成要件

①（イ）国の統治機構を破壊

人事構造の破壊

職務手続の停止

（ロ）領土内で、国権を排除してまで権力を行使

国権――立法権・行政権・司法権・統帥権

その全部または一部

権力――違法な権力（違法な強制力）

日本国内で立法権・行政権がスムーズに働くのを排除してまで軍事権力を行使し、天皇が統帥権をすぐに発動しようにも発動することができない事態を生ぜしめた。一般に明治憲法第11条によれば、天皇は陸海軍を同時に、または別々に動かすことのできる統帥権を保有しているにもかかわらず、その統帥権を行使することが不能または著しく困難になる事態に国を陥らしめた。そもそも統帥権は旧憲法では、第11条により天皇にのみ属し、いかなる制限にも服しない。したがって、陸海軍は実務機関として、その統帥権の行使を容易にするための補助義務を、天皇に対して負っているにすぎない。たとえ、一定の権限を有していたとしても、統帥権とは違った文言（たとえば指示権または司令権など）を使用すべきである。さもなければ、陸海軍が統帥権を持っていたということになり、身分的な上下関係から言って、まったく統帥権を持たないはずの陸海軍が、二段統帥権のうち、下段統帥権を行使することも可能となる。もちろん、上段統帥権は天皇が行使する。陸海軍が天皇と同格の統帥権を行使することができるとすれば、陸海軍が天皇の横に割り込んでくるのを許すという解釈も可能となる。これは背理であるから、このような解釈を取るべ

きでない。憲法がそのようであるから、刑法はそうした場合、内乱罪によって関係者を処断することにしたのである。

②（イ）目的意識

法定の統治秩序の基本を破壊または混乱させる目的（世直し的なもの。つまり騒乱罪にとどまるものを意味しない）。

（ロ）暴力行為（暴動）

素手で暴力を行使するだけでなく、人を殺傷させるに足る道具・手段・器具等、または武器・兵器を以って暴動を起こしたこと。

日本民族主義の限界は、この辺《あたり》にあるのかもしれない――。そのように検事長は考えるのだった。と同時に、もうとっくに時効になっているのだろうとも思った。

検事長は、モンゴル民族主義に憧れた青年時代を遠く望み見た。定年になれば、モンゴル草原を疾駆してみたいと思った。

グローバリズムの波は、今日も東京の街を洗っていた。

数学物語

顔を洗い終わった数学者岡田健一は、鏡の中にひげの濃い角ばった自分の顔を見出した。40代の彼はフィールズ賞こそ逃したが、数論においては世界中誰も知らない者はいないほどの実力の持ち主であった。京大理学部の教授をしていた。

彼の数学観は、卓越した数学者の例にもれず、数学＝芸術という等式が成り立つという信念にあった。たとえば小説という芸術世界は、数学の世界と本質的に同じものという世界観であったのだ。直観で切り込んだ切り口の奥に、真実の鉱脈が太く、あるいは細く、脈々と息づいている。それが金色であるか、銀色であるか、またはブロンズであるかなどは、切り込んだ時点では一切分からない。数式の論理操作を加えていくうちに、その手応えが徐々に明らかになってくるという形をいつも取るのであった。論文の書き始めと作品の書き始めが、全く同じ感じのする時もあった。

したがって、その数学論は理屈の上でそうなるというだけのものではなく、自らの学識経験に裏打ちされた直観に基づく経験知でもあったのである。

数学＝芸術という等式は、単に先験的な当て込みというレベルに止《とど》まるものではなかった。両者の本質は全く同じもの、したがって両者は同値であることに加え、その独創の世界は、一定の保証によっても支えられているのだ。すなわち健一によれば、数学は論理で裏づけられ、小説は日常で裏づけられているということになるのであった。

数学＝芸術とは、また、芸術＝数学でもあった。左から見ていた元の式を、今度は右から見てみたらどうなるかというだけのことではあるのだが。

この元の等式をひっくり返した、芸術＝数学という逆等式によれば、数学が論理で裏づけられるのと同じように、芸術も論理で裏づけられるのである。

すぐれた芸術家は、すぐれた論理家でもあるのではないか？　健一が、数学研究の合間にいつも感じている疑問点であった。

また、ノーベル賞学者がよく言うように、「常識を疑え」という常識の逆理にも納得のいかないものを感じていた。

常識からはずれた結論が人間の日常生活でまかり通るなら、数学はますます宙に浮いたものになりはしないか、と心ひそかに恐れてもいたのである。

小説が日常というもので裏づけられるものであるのなら、世の常識から隔絶されるはずがない。それでも世間から浮き上がっていくとすれば、それはまさしく屁理屈の山でしかないはずのものである。

だから、健一は「常識を疑え」という言葉を聞くたびに、「常識に従え」と、常識の公理を心の中でつぶやくのであった。

常識の逆理と常識の公理は、使い分けが大事だということが以上の例からも理解することができる。使い分けを間違えれば、とんだ常識はずれの結果を招くのである。使い分けが適切であったか否かは、ひとえに良識の問題であるのだ。平たく言えば、センスの良さ・悪さに帰着する事柄なのである。

今日、水曜日の朝食を終えた健一は服を着替えて市バスの停留所へ向かった。朝の8時台は中学や高校の登校時間と自分の出勤時間とが重なるので、20分ほど時差ができるように自分で調整している。

北白川のバス停を降りて少し歩くと、理学部の構内であった。銀杏並木が美しく照り映える秋の構内を、朝のすがすがしい空気を吸いながら歩いていくと、向こうから男女4人のグループを成した京大生が南の自分が来たほうへ近づいてくるところであった。年の頃が20歳ちょっと過ぎくらいであるのは当たり前であったが、考えてみればその20歳を過ぎた辺りというのは、ちょうどあのガロアが世界的に有名な「ガロアの第一論文」を物した年頃に当たるのである。20歳にして、代数学を根本的に規定し直す画期的な論文を残すというのは、確かに天才のなせるワザであった。世界がその第一論文に接したとき、一様に仰天したであろうことは想像に難くない。天才は突如として出現するのである。この今日の、前を通り過ぎていった京大生の中からも、突然ある日世界に轟きわたるような業績をひっ下げて数学界にデビューする学生が現れるかもしれない。そうなったとしても、少しも不思議なことではない。この大学の実力として、そのような天才を輩出しても誰も驚きはしない。そう言えば、あの数学の大天才ガウスも22歳の時に、「代数学の基本定理」という重要な定理を発表している。

そうこうするうちに、岡潔が通《かよ》ったこともある京大の数学教室の古ぼけた額《がく》の掛かった入口が見えてきた。理学部教授として、京大生に数学を講じている数学者岡田健一の研究室は、そこにあった。この数学教室には、健一は20歳の時からずっとお世話になっている。

岡田健一にも先輩に当たる岡潔は、和歌山県出身で、京大理学部を卒業した後、奈良女子大学教授を定年退官まで勤め上げた。多変数解析関数の研究で有名である。生前の話として、女性の感性が数学の学問にはとても大切であると話しておられた。どうりで、岡田健一の高校時代の数学の教師が女性であったことに妙に納得がいったものである。ちなみに、その女の高校教師は奈良女子大の数学科出身だった。岡先生のエッセー集『月影』を読んだとき、涙がこぼれそうになるほど感動した岡田教授であった。京大工学部の大教室で岡先生が講演したとき、「真我と小我」というテーマで語られたことなど思い出は尽きない。

後年、『花の章』『星の章』という、岡潔先生の2冊の評伝を読んで改めて、その成し遂げられたお仕事の偉大さに心打たれた教授なのであった。

岡潔先生のことを考えていて、ついでに自分の過去を振り返ったとき、岡田教授は「フェルマーの最終定理」の証明について考えていた時のことをふと思い出した。

「フェルマーの最終定理」というのは、17世紀の数学者フェルマーが提出した定理であって、「nが3以上の自然数のとき、$a^n+b^n=c^n$を満たす自然数a、b、cは存在しない」という定理である。その問題が提出されて以来約350年間未解決となっていたものである。

これは後にワイルズという人によって証明されたが、岡田教授が考えていた時には、まだ誰も証明に成功していなかった。

ちなみに、n＝1のときはa+b=cでこれは通常の足し算が3つの自然数a、b、cの間に成立することを意味し、ごく当たり前のことであるから、この場合は除外される。

n＝2のときは、$a^2+b^2=c^2$で3つの自然数a、b、cの間にピタゴラスの定理が成立することを意味するから、たとえばa＝3、b＝4、c＝5とすれば、与式は成り立つ。つまり、3つの自然数の組を（3、4、5）に選べば$a^2+b^2=c^2$（n＝2の場合）を満たす3数a、b、cは存在することになる。

以上から、n＝1およびn＝2のときは、3つの自然数の組（a、b、c）は存在することになる。といった内容だったように思う。

したがって、やっと定理の出発点に立つことができるというような論法だっただろうか？

このやり方でやっていっても成り立ったのだったか、成り立たなかったのだったか今ではもう忘れてしまったが、その結末はあまりにあっけなさ過ぎて、こんなやり方で350年ぶりに解けたなどということになるはずがない、と思ったことも覚えているし、結局、自分が間違っているのだろうと思って、解答の手順を書いたメモをゴミ箱に捨てたことも記憶している。

遠い、遠い過去の記憶だった。前の妻がまだ生きていた頃の話だ。あの頃は岡田教授もまだ駆け出しの頃だった。研究者としてしっかりやっていけるのかどうかさえ心許《こころもと》ない気持ちだったように思う。

あれから前妻は死に、そのままあの定理のことは忘れてしまっていた。「フェルマーの最終定理」という言葉に接する時は、その時のことを思い出すこともあったのである。あの定理とも一期一会《いちごいちえ》の出会いでしかなかったのであろう。一抹の寂しさを感じる思い出の詰まった定理なのであった。

研究室に到着した数学者岡田健一は、研究室の中をあちらこちらと歩き始めた。数論の研究をするのは久しぶりであった。午前は、数論の中でも合同数を研究した。初項をaとする公差4の等差数列

a, a+4, a+8, a+12……

が、何か原子爆弾と関係がありそうな気がしていたのである。

その一般形は、a+4nの形をしていた。

確かに、n=0、1、2、3……を代入すると、

a, a+4, a+8, a+12……

となる。

しかし、そこに何の物理的な秘密も感じることはできなかった。

広島に落とされた原子爆弾はウランという元素、長崎に落とされた原子爆弾はプルトニウムという元素をそれぞれ使ったエネルギー放出であったと記憶している。

エネルギー放出とは、アインシュタインが発見した、物質の一般式で、

$E=mc^2$

という形をしていた。Eはエネルギーで、mは物質の質量数のことである。cは言わずと知れた光速のことで一定数300,000を意味する。だから、

$c^2=300,000^2$

という数値を取る。ここで、このc^2という数値は、定数であることに注意しなければならない。すなわち、

$E=mc^2$

という世界で最も有名なアインシュタイン方程式は、

y=kx

という中学生でも知っている、xとyの間の比例式というありきたりの形になるのである。つまり、今手許に高校の化学の教科書があれば表紙裏の見開きを見さえすればよい。そうすればただちに分かるように、mという物質の質量数は、物質つまり元素の種類ごとにいろいろな値を取り得るのであるから、この元素の質量数を仮にxという変数によって表現するなら、従属変数yは、常にxのk倍の値を取るということなのである。ただ、その定数kがc^2という一定数と等しいとして具体的に指定したところに、アインシュタインの偉大さがあったのである。だから、元の、

$E=mc^2$

に戻って考えれば、c^2は定数であるから、mにウランの質量数に相当する数値を代入すれば、m一単位（すなわちウラン一単位）で、そのc^2倍のエネルギーを放出する、というわけなのである。

たとえば、ウランが一単位消費されるということは、

m=1

という数値を取るということであるから、そのことによってエネルギーEが、

$E=c^2$

という数値を取るということ、すなわち、ウランという物質からその持てるエネルギー

のうち一単位分つまりc^2分だけ周りへ跳び散らした、ということを意味するのである。c^2の具体的な数値が余りにも大きいので、爆発の衝撃が巨大になる、というわけなのである。原子爆弾とは、工学的にはさまざまな技術的条件があるであろうが、原理的には以上のような内容を意味している。

午後、教授は研究を始めるに際し、件《くだん》の等差数列の一般形

9+4n

を再びいじり始めた。

aを初項と考えるのではなく、ある整数（この場合はプラス）を4で割った余りの数と考えればどうだろう。

そうすると、a+4nは、たとえば3を法とする合同数に見えてくる。つまり、ある数を4で割ったときに出てくる余りで分類した数の体系、すなわち3、2、1のどれかしかaは成り得ない。よって、

aが3の場合　aが2の場合　aが1の場合

の3通りの場合に、その元《もと》の数 a+4n の取り得る数値は、一体どのような数値であるかをウランとプルトニウムについて調べていけば、原子爆弾を作り得る放射性同位元素にたどりつくのではないかと考えられるのであった。

広島にはウランという放射性同位元素、長崎にはプルトニウムという放射性同位元素が使われているが、教授はウランを調べてみることにした。

原子番号92のウランの放射性同位元素には、質量数233、234、235、236、238の同位体があり、いずれも放射性を持つ。原子爆弾に直結する放射性同位体は、これら5種類の物質のうち、どれかであるはずであった。

そこで、4n+a　の形の合同数を並べてみた。

（イ）4n+1　の形

233=4×58+1

（ロ）4n+2　の形

234=4×58+2

238=4×59+2

（ハ）4n+3　の形

235=4×58+3

これら4個の数をすべて調べた結果、原子爆弾に直結する放射性同位体は、ウラン235になるはずであった。

この結論に達して、教授は一休みすることにした。タバコが吸いたいところであったが、健康のことを考えて控えることにした。精神的に疲労したのか、周りの景色が生彩を失っているように見えた。

プルトニウムという放射性同位元素も同じようにして調べることができるのではないかと思ったが、原子番号94のプルトニウムについては、後日調べることにして、90、94、98という、何らかの意味を持つかもしれない数字と、4n+3という一般式のみをメモして、帰路につくことにした。

四元数を研究していた教授は、ふと外に目をやったとき、かつて自分が空数の概念とともに、三元数の理論を樹立したときのことを思い出した。

それは、ただ数論に止《とど》まることなく、三元数を三次元の世界に位置づける画期的な理論であった。つまり、三元数はその数の表示だけでただちに座標を与えるのである。数を書きさえすれば、自動的に三次元空間の中に一定の位置を占めることが保証される。ここまでは、当たり前と言えば当たり前のことであった。

数を論じることが、そのまま空間を論じるような、不思議な理論であった。数の世界が、空間論したがって幾何学のような、何か対象を論じていると思っていたのが、いつの間にかその対象を入れてある器《うつわ》を論じてしまっていると言うような、視点の移動が自動的に伴ってしまうのである。その不思議さは、「ゲゲゲの鬼太郎」以上である。

複素数で表されるガウス平面も、数を論じることがそのまま平面を論じるような不思議さはあるが、平面をあえて二次元空間と考えれば、その奇妙さはまだしも抑えることができる。

この三元数の理論で一番会心の思いをしたのは、ガウス平面の原点に、一本の垂直の棒を立てる、という発想であった。その発想は突如として、秘密の深淵が開いたような玄妙な感じとともに訪れた。ほとんど自動的に滑らかに思いついたのであったが、よく考えてみると、何か3、4歳の幼児の頃に返った気分で、何気なくこの真ん中のところにマッチ棒を立てたらどうなるだろう、という遊び心が働いていたような気がする。この遊び感覚が、規則ずくめの心を緩めた結果、飛び出した発想だったようだ。

実数と虚数は、今までもよく知られた数であったが、ここにそれら以外に、空数という組数を考案したところがまた、実にすぐれた独創性の感じられるところだと自負している。

三元数の考え方よりも、その三元数の3番目の数である空数の定め方にはかなり苦労したが、いろいろ試してみて、実数と虚数の組で表すのが、実数と実数の組であるベクトルの成分表示とのつながりがスムーズに行って、既成の数学体系の中に軟着陸させやすいと思い、この（実数、虚数）の組数を選ぶことにした。

すると、その時までの複素数 a+bi を自然な態様で拡張するような形になり、実にきれいに三元数が a+bi+cO↓ という風に落ち着くのである（O↓はオイケンと読む）。

3つの小隊を伴った、一個連隊のような、それ自体独立の数体系ができ上がる。これが三元数という独特の数である。まさに、ガウスと肩を並べるほどの独創性を誇っている。

そして、複素数 a+bi が創る平面をガウス平面と言うのにならって、三元数 a+bi+cO↓ が創る空間を、湯浅空間と命名することにした。強いて言えば、「ガウス平面の拡張形」または「ガウス空間」とでも言い得ようが、三元数の基になっている空数概念がガウスには全然存在しないところに、独創性のくさびが打ち込まれているので、ガウスとは離れて、教授の恩師である湯浅太郎名誉教授の名を冠したのであった。

これが世界を驚かせた数論の論文に関する教授の思い出である。

京大構内は秋であった。構内の銀杏並木は、研究者たちに一日の疲れを癒やす慰めとくつろぎを徐々に広げていった。

太子と天寿国

殺し屋とは、蘇我馬子のような人を言うのであろうか。

馬子は、592年11月、ある渡来人を使って崇峻天皇を暗殺した（当時、聖徳太子18歳）。

その人は、後に馬子の娘との略奪婚が発覚し、馬子に殺害されることになった。

聖徳太子は、12月に即位した推古天皇の命《めい》を受けて皇太子となり、併せて摂政として政務のすべてを取りしきることになった。この時の大臣《おおおみ》が蘇我馬子であって、宿禰《すくね》の家柄である。当時の日本国の最高幹部の一人であった。聖徳太子と蘇我馬子は、以後コンビを組んで政治を執り行っていくことになるが、互いに互いを意識する微妙な関係であった。


584年9月、敏達天皇の御代《みよ》に百済《くだら》より伝わってきていた仏像2体を請い受けた蘇我馬子は、修行者《しゅぎょうじゃ》を定めるため仏道関係者を探していたところ、播磨国にやっと1人だけ見つけることができた。しかし、俗人に戻った僧、いわゆる「法師還り」で、年齢は11歳であった。再び出家して善信尼という。そのうちに、弟子が2人ついた。1人は出家後の名前を禅蔵尼といい、もう1人は恵善尼という。

馬子は自宅に仏殿まで建てて仏像を安置し、身の回りの世話までして、篤く三尼を崇敬した。また、橿原市石川の別宅にも仏殿を建てて仏舎利を安置したが、ここの仏殿は後に「石川精舎」と呼ばれ、仏法の基点はここにあったと『日本書紀』は記している。つまり、馬子の仏教崇拝は、保身のためのカモフラージュを含まなかったという点は記憶しておいてよい。仏舎利は、585年2月に、大野丘の北に立てられた仏塔の柱頭に納められた。

世は疑心暗鬼が渦巻き、謀事《はかりごと》の絶えることがなく、天然痘が社会の隅々にまで流行していた。

他方、排仏派のほうは、大連《おおむらじ》の物部守屋と中臣勝海大夫《まえつきみ》とを中心に次第に一本化し、今にも崇仏派と排仏派との間に戦乱が起こりそうな雲行きであった。排仏派の幹部2人は、「このまま行けば、国民は全員死滅するでしょう。まさに蘇我大臣が仏法を興し実践したからではないでしょうか」

と、時の敏達天皇に奏上するほどにまで事態は深刻化した。

帝《みかど》がついに仏教破棄宣言とも言うべき詔を発して事態収拾に乗り出さざるを得ないほどにまで、対立が悪化するのであった。

物部氏と中臣氏は神道の信者で、流派の相違を越えて排仏の一点において同盟を結んだ中央豪族であった。

両派の対立は、文化政策をめぐるイデオロギー上の抗争を発端とする争いであり、階級闘争と言うよりも、権力闘争と言うべき争いであった。別に、皇位をめぐる骨肉の争いは絡《から》んでいない。

抗争はさらに激しく燃え盛り、仏塔や仏像・仏殿をも焼き尽くした上、排仏派が焼け残った仏像を難波《なにわ》のドブ川に投げ捨てるというところまで発展した。仏像がドブ川に投げ捨てられた日には、雲もないのに風が吹き雨が降ったと『日本書紀』には綴られている。『漢書五行志』によれば、「雲もないのに雨が降る」とは、「天が泣く」ということと道義であるとのことである。

そうした経過の中で、物部大連は、馬子宿禰とその馬子に従った仏法修行者たちを責めさいなみ恥さらしにしてやれという残忍な気持ちを抱くに至った。

大連は、使者を遣わして馬子が御供物を捧げて世話をしていた善信尼らに召喚命令を発したのである。当時力関係の弱かった大臣蘇我馬子は、涙を流しながら尼たちを使者に引き渡すのであった。彼女たちがどうなっていくか、先行きの見える馬子の心の中に鬼が住みついたのは、この時だったのである。

物部大連の支配下にあった当時の政府役人たちは、尼たちの法衣をはがした上、一室に監禁し、海石榴市《つばいち》にある防人《さきもり》用の軍駅舎の前で、鞭打ちの刑に処した。恐らく10歳か15歳くらいのいたいけな少女たちを何名か一列横隊に全裸で並ばせ、見せ物にしながら鞭打ったのであろう。まさに、馬子が大切にして崇拝していた仏教者の見せしめをも兼ねた、公開処刑であった。今で言えば、独裁主義国の人民裁判、あるいはもっと遡れば、中世の宗教裁判さながらだったのである。文化政策の考え方が違うというだけで、人間はここまで残酷になれるのだという好個の実例であった。

585年6月、病気にかかっていた馬子は、敏達天皇に奏上して、次のように言った。

「私の病気はいまだに治りません。仏の力を借りなければ治癒することは難しいでしょう」

すると、帝は、

「お前ひとりだけは仏法を行ってもよろしい。他の人の崇仏は禁止せよ」

との詔《みことのり》を下されるのであった。

そして、以前馬子が世話をしていた3人の尼たちを馬子にお返しになられた。

馬子宿禰は大変喜んで感動の頂点に達し、3人の尼を伏し拝んで我が許《もと》へ迎え入れた。

新たに精舎を造営し、彼女たちを留任させていた蘇我馬子は、再び世話を始めるのであった。


敏達天皇が崩御され、次の用明天皇の御代が始まった。

帝は、信仰心自体が篤く、仏法を信仰すると同時に神道をも大切にされた。人が生きていく上で拠り所にしているものを大切にする方のようにお見受けした。

蘇我馬子宿禰が大臣に再任され、物部弓削守屋連が大連に再任されることになった。

用明天皇が即位されたこの年(586年)、穴穂部皇子をめぐって皇位簒奪《さんだつ》の動きがあった。やや大きな動きであったが、この時に蘇我馬子の取った態度は、注目すべきものである。

一つは、「王者たる者は犯罪者を近づけてはいけません。泰然としておられるべきです」と穴穂部皇子に諫言《かんげん》したことである。

もう一つは、穴穂部皇子が自ら出向いていって、天皇の身を守る近衛連隊長を射殺《いころ》した時に馬子が取った情勢判断の中身である。その内容とは、「天下を乱す大乱が、もうじき起こるであろう」との反乱の規模についての直感が働いたことであった。

この事件をきっかけとして、穴穂部皇子・物部守屋のグループと、亡くなった敏達天皇の残された皇后（後に推古天皇となる）・蘇我馬子のグループとが反目し合うことになる。

この時殺された近衛連隊長は三輪逆《みわのさかう》と言って、先帝敏達の寵臣であった事実が、一つのグループを形成するに当たり、微妙な影響を与えていると推察できる。

礼儀知らずの穴穂部皇子は、皇位を奪う態度を鮮明にし、物部守屋と謀略計画を結ぶこととなった。それを聞きつけた蘇我馬子は、穴穂部皇子に上記のような諫め言《いさごと》を申し上げたところなのであった。

その他、不穏な動きが打ち続く中で、用明天皇は崩御された。

第32代崇峻天皇は、元々蘇我稲目の次女小姉君《おあねのきみ》と第29代欽明天皇の間に生まれた皇子で、その姉と異母兄であった用明天皇との間に生まれた皇子が聖徳太子と呼ばれて名高い厩《うまや》戸皇子《どのみこ》である。つまり、聖徳太子は蘇我稲目の長女系すなわち稲目の長女堅塩媛《きたしひめ》の孫で、かつ同時にその稲目の次女系すなわち次女の小姉君の孫なのである。さらに言えば、蘇我稲目の長女系の父親と次女系の母親との間に生まれた皇子なのである。父親から行っても母親から行っても曽祖父（ひいおじいさん）は蘇我稲目に行き着く。私が殺し屋と位置づける権力者蘇我馬子は、この稲目の息子である。血の流れから行けば馬子は蘇我氏の当主であるから、太子は蘇我の支流に位置する脇役ということになる。しかも父親は用明天皇であるから、天皇の位を嗣ぐ絶好の位置にいる。一方世代として見れば、蘇我馬子と聖徳太子は、祖父と孫の世代の年齢差を伴う関係なのである。2人の両頭政治は、祖父と孫の協力により成り立ったような、40歳ぐらいの開きを持つ、世界でも珍しいコンビによる政治であった。推古時代は、この2人により彩られていく。

用明天皇（聖徳太子の父親）の崩御時にも、物部大連は他の天皇候補者たちを退け、穴穂部皇子を押し立てて皇位簒奪をねらった。3度目の武装蜂起（デモンストレーション）である。穴穂部は、公然と皇室に楯突くに至った。まさに、この瞬間穴穂部は逆賊となったのである。

対して、蘇我馬子は炊屋姫尊《かしきやひめのみこと》（後の推古女帝）を擁し、諸豪族の連合軍を指揮する司令官として前線に立った。

皇后の追討命令に従って、豪族連合軍すなわち皇后軍は、夜半に乗じ穴穂部の邸宅を取り囲んだ。望楼にいた穴穂部は、しばらく逃げまどったが、ついに皇后軍に誅殺されたのである。

こうして、大連物部守屋は、電撃作戦に出た皇后軍に敗れ去った。

穴穂部に親しかった宅部皇子《やかべのみこ》も誅殺されて、反乱は鎮圧に向かった。

善信尼から戒法を習得したい旨を聞いていた権力者蘇我馬子は、百済から使節が来訪した時に、

「これらの尼たちを汝の国に連れていってくださらぬか。仏法の受戒について学ばせたいのじゃ。勉学が終わった時に帰してくだされ」

と申し入れた。使節の代表は、

「それでは国に帰って国王に申してみましょう。それからでも遅くはないでしょう」

と答えるのだった。

蘇我馬子を始めとする皇后軍は、残った物部軍を全滅させるため全力を挙げた。物部軍は強く、皇后軍は3度も追い込まれ苦戦を強いられた。この時に我がスーパースター厩戸皇子も参戦し、軍の後方部隊についた。14歳のときで、初陣《ういじん》であった。

皇子は、味方のほうが敗戦するのではないかとまで心配し、必勝祈願をなさるのであった。

「もし敵に勝たせていただけるなら、必ず護世四王のために寺塔をお建てしましょう」

蘇我馬子大臣も続けて誓願し、

「諸天王・大神王たちに願い上げます。もし私を護持して勝ちに導いてくだされば、諸天と大神王とのために、寺塔を建立し、仏法を広めましょう」

と言った。

誓いを終えた皇后軍は、さまざまの武器を携えて進撃した。そして、大連の物部守屋とその一族は総倒れとなった。

「神武再来!!」とまで謳《うた》われた聖徳太子のデビューはこのようであった。

当時の庶民たちは、口々に、

「蘇我大臣の妻は物部守屋大連の妹である。大臣は、ほしいままに妻の計略を採用して、大連を滅ぼしたのだ」

と、ひそひそ語り合うのだった。

蘇我馬子と聖徳太子の間に、宮本武蔵の二天一流の剣術のような一閃が走り、一閃が消えていった。

崇峻天皇が暗殺された。592年11月のことであった。

592年12月、敏達皇后が即位し、日本史上最初の女帝として第33代推古天皇となった。翌年4月に、厩戸皇子を皇太子とし、同時に摂政の地位にも就かせて政治のすべてを委ねられた。推古天皇の甥である。太子の御年は19歳であった。

父の在位中に母の皇后が懐妊されていた時、宮中を巡行中に厩の戸に当たってかえって安産をなされたという逸話が残されている。生まれ落ちた瞬間から言葉を発することができ、叡智を示したということである。少し長じて、摂政の位に就いた時、一度に10人分の訴え事を聞き分けて、正確にその内容を理解し、行く先々のことを予見した上で、その訴えに対し的確な指示を下すことができた、と言う。

仏教は高句麗の高僧に付き（内典）、それ以外は五経博士に付いて習得し（外典）、ことごとく物事の道理に通じていた。父親の用明天皇は、太子をかわいがられて、特別な上殿《うわどの》に住まわせられた。聖徳太子については、そのような伝説が残されている。

そして、推古元年（西暦593年）聖徳太子は四天王寺を難波の地に建立した。

推古2年、摂政聖徳太子と大臣蘇我馬子に仏教を興隆させよとの詔が下されたが、それに呼応して、各行政官や推古天皇のために、寺を造ることが流行した。

推古3年、特別な香木が淡路島に漂着し、疑問に思った住民が朝廷に届け出ている。

推古4年、韓民族朝鮮民族の慧聡と慧慈、2人の高僧を新築成った法興寺のそれぞれ住職・副住職とした。

推古9年、聖徳太子の邸宅が斑鳩《いかるが》に建てられた。

推古10年10月、韓民族朝鮮民族の高僧観勒が暦本と天文書・地理書を献納した。

推古11年11月、聖徳太子は、

「私は尊い仏像を一体保有している。誰かこの仏像を敬い合掌する者はいないか」

と諸大夫に尋ねられた。

すると、韓民族朝鮮民族の秦河勝が前に進み出て、

「私がもらい受けて、日夜拝みましょう」

と申し上げ、下付を受けた。その仏像を安置して、蜂岡寺を造ったという。今の広隆寺である。京都の太秦《うずまさ》にある。

*

推古11（西暦603）年12月、冠位十二階を施行した。日本における冠位制定の最初である。冠位を、大徳・小徳・大仁・小仁・大礼・小礼・大信・小信・大義・小義・大智・小智と12個に分かち、それぞれの位に応じて定めた色で縁《ふち》を塗り分けた烏帽子《えぼし》状のものをかぶることにした。一目見て身分の違いが分かるようにするためである。ただ、聖徳太子と蘇我馬子は別格としてこの冠位の系列外とされた。位と冠物により序列付けされた、上代の身分制がかくして確立されたのである。

この身分制のミソは、序列を12個作ることによって、ロック・クライミングのように自由に下から上へ早上がり競争を行わしめるという点にあった。

現代で言えば、課長・課長補佐・次長・次長補佐・部長・部長補佐というように、いくつかの地位ブロックを上下に積み上げて、出世競争を自分から行わざるを得ないように仕向けていく、一種の心理誘導方式を援用してある。会社の人事部の出世階段が目に見えるような情景である。

高句麗の十三階制や百済の十六階制などの影響を受けて作られたが、日本は冠位十二階と言うように十二階にしてあるところが、ユーモラスである。あまり階段が多いと、一番上までまだかと思った競技者があきらめて棄権するといけないという余裕のもたせ方は、統治者（ここでは聖徳太子）のユーモラスな性格とともに、おおらかさを示すものである。馬子の発案と言うより、太子の王者的なのどかさを偲《しの》ばせるものである。

息切れせずに、しかも棄権（他の会社へ転職するというような）もせずに出世競争ができる段数《だんかず》にしてあるところが、いかにも太子らしい権力意識と言うべきであろう。

以上の話は、太子の賢明な人事政策を余すところなく物語っている。この会社的な発想の官庁版が、いわゆる次官レースである。もちろん、日本民族と韓民族の間で出世競争にふさわしい段数が異なった数になるであろうことは明白である。

聖徳太子は長身だったと言われている。いかにも身長約１８０㎝くらいの太子が、小男蘇我馬子のそばに立っているという、読者には予想外のイメージが立ち上《のぼ》るはずである。鬱憤晴らしが、思わぬ事件の引き金になる恐れは十分にあった。

権力者蘇我馬子の感じた重量感はいかばかりであったろう。

推古12年4月、聖徳太子は17か条から成る、憲法と呼ばれる行政訓示集を制定した。第1条の「和を以って貴しとなし、忤《さか》ふることなきを宗とせよ」という規定を一読した蘇我馬子には、そこに異様な力を放つ翁の能面のような、天《あめ》の叢雲《むらくも》の剣《つるぎ》の凝集力に似た力が感じ取れるのだった。和というものの隠れた力を、馬子は不気味なもののように想像した。だが、どこまで行っても自分は宿禰の家柄、対する聖徳太子はあくまでも天皇家の家柄、この家柄の違いは、家柄の尊厳が絶対的だった当時は乗り越え難いものであった。和というこの隠れた力すなわち、一朝事が起これば巨大な軍事力に早変わりしかねない潜在的な糾合力（＝カリスマ支配力）を掌握するのは自分ではなく、いつも横にいる身長１８０cmの大男聖徳太子であることに気付いた蘇我馬子の自尊心は、不愉快な思いに駆られたであろうことは容易に想像できる。この威圧感は、以後の歴史展開に何らかの影響を及ぼしていくのであろうか?

同じ仏教崇拝派という友情と、目に見えぬ威圧感をいつも発し続ける大男の権力に頭が上がらない自分の立場の弱さ意識、ここから来る感情的な反発は、ある種の不均衡をもたらした可能性はある。この互いに方向性が逆な2つの矛盾感情（快感と不快感）の相克が、馬子の心の中で、鬼と仏の戦いを繰り広げることになる。

推古13年4月、推古天皇自らの発案により、銅製の仏像と石製に布をかぶせた仏像の2体を造るための総責任者に鞍作鳥《くらつくりのとり》を任命した。この時、高麗国《こまのくに》の国王から天皇宛に黄金300両のお祝いが届けられている。

10月、太子の居所を斑鳩宮《いかるがのみや》に定めた。

推古14年の年から4月8日の花祭り、7月15日の盂蘭盆会《うらぼんえ》が毎年、寺毎《てらごと》に行われるようになった。この年の5月、推古天皇じきじきに鞍作鳥に手厚く感謝の意が伝えられ、労い《ねぎら》の意味で上から3番目の冠位、大仁の位を授けられた。その上、近江国の水田二十町をお与えになった。鳥も、この天皇の深い感謝の意に応え、その水田から上がる収益を使って、明日香村に、天皇のために金剛寺という寺を建てた。日韓の間の温かい交流の歴史が窺われる。

太子がこの頃、勝鬘経《しょうまんぎょう》や法華経《ほけきょう》を推古天皇に講読したという記事も日本書紀には見えている。

推古15年、太子・馬子の共同政権は、分立状態にあった当時の中国を一国の中央政権にまとめ上げた隋の皇帝、煬帝《ようだい》に宛てて、使節団を派遣した。団長は言わずと知れた小野妹子である。この時小野妹子が携えた天皇国書が有名な「日出づる処の天子、書を日没する処の天子に致す。恙無きや」という文言を含む公文書である。

ここで着眼すべき点は、日本の天皇と中国の皇帝を同列に位置する国家元首として対等に位置づけたことである。つまり、天皇も「天子」、中国の皇帝も「天子」という同じ言葉で表現することによって、両者が同じ立ち位置に立っているということを強調している点なのである。さらに言うならば、日本から中国へ発信した公文書には、天子から天子へ発した外交文書である旨が明記してあるということなのである。

これを見た煬帝が不愉快に思うであろうことは火を見るより明らかである。果たして煬帝はカンカンに怒り、「こんな無礼な文書は二度と朕に見せるな」と周りに当たり散らした。格上意識で凝り固まった中国の国家意思がほとばしった瞬間であった。

大国の中国が日本のことを自分より格下の家来だと考え天皇を見下すであろうことは、太子・馬子の共同政権には想定内だったのである。しかし、それを押して「対等外交開始の宣言」を実行しなければ、日本は常に中国王朝の従属国の扱いから逃れることができない、との高度の政治判断が、太子と馬子を両輪とする当時の最高首脳部に働いたであろうことはほとんど疑うことができない。どちらかと言えば道徳政治家である太子と権力政治家疑いなしの馬子との合作であった。

推古女帝の政治力は、次に触れるある一事件を通して推し測ることができる。

小野妹子が隋からの帰路、朝鮮半島の百済国を通過する際、煬帝から預かった中国の返書を紛失するという事件が起こった。煬帝という国家元首から預かった中国の国書であったから、事が露見すると、天皇にとって不都合であるだけでなく、中国側に対しても煬帝の国書を軽く扱ったということで、怒髪天を衝く煬帝が軍隊に出動命令を発して日本列島に攻め上り上陸した上、一挙に我が朝廷を占拠することさえ考えられた。

そこで使節団の不首尾を内々に処理するために、推古女帝は、その紛失した国書を受け取ったことにして、妹子の落ち度を不問に付したのである。

ここに、推古女帝の深謀遠慮に基づく政治力の冴えを見ることができる。

なお蛇足ではあるが、古代大和朝廷においては大臣と大連による両頭政治が原則であったが、用明2（西暦587）年、当時の大連物部守屋が大臣蘇我馬子に滅ぼされて以来、この大連の地位は空席になっている。これで、古代ローマの三頭政治を連想させる両頭政治は解消し、以後普通の単頭政治による民間単独政権が、推古元年4月まで存続する。そして、聖徳太子が摂政に就任することにより、皇族1人と民間人1人による一種の皇族内閣が形成され、その皇族と民間の共同政権が政治実務を執り行うことになる。そして、太子・馬子のコンビによりその通りに展開されていくのである。

したがって、馬子の権限は、助政権に止《とど》まり、（最終）決定権はなかったものと考えられる。上下関係で言えば、あくまでも特権階級である皇族聖徳太子が上で、民間である蘇我馬子が下なのであった。さらに深読みすることが許されるなら、特権階級たる皇室の特権性は、国民の許容しうる範囲内にとどまっていたと考えられる。

推古16年、小野妹子が中国側の使節団（団長は裴世清《はいせいせい》）を伴って日本に帰国した。その年の8月、聖徳太子と大臣馬子が一刻も早く見ることを欲した煬帝国書が推古女帝にうやうやしく奉呈された。

その内容は、別に何ということのないご機嫌伺いに対する返書ではあるが、中国から見た日本国家の序列が鮮明に刻印されていた。そこに、ある語句がハッキリと記されていたのである。太子・馬子コンビが最も避けたがっていた言葉、「朝貢」という語句が用いられていた……。

隋は日本側の望んでいた対等外交を認めず、依然として朝貢を続けるべき臣下の国としてしか考えていなかったのである。聖徳太子と蘇我馬子の共同作戦は失敗に終わった。普通意識で中国と向き合いたかった2人が格下意識に激しく捉われた瞬間であった。

聖徳太子34歳、蘇我馬子が推定74歳ぐらいの時のことである。聖徳太子は、単なる徳治主義者ではなかった。

このことは、いかに中国の冊封《さくほう》体制を脱け出すのが難しかったかを如実に示している。と同時に、日本の最高首脳部2人の幻滅はいかばかりであったであろうか。測り知ることができないほど激しく大きなものであったに違いない……。

道徳政治家である聖徳太子が見せた権力性が、国際社会のきびしさを前にしてポッキリと砕け散った恐るべき一瞬は、このようにして去っていったのである。これ以後、太子は自己の内面に閉じ込もることが多くなっていく。

蘇我馬子の心の中に住む鬼も、その限界をいやと言うほど思い知らされたことであろう。名義を使うことを許可した推古女帝を中心に、聖徳太子と蘇我馬子を加え、三者一丸となってあの強大な中国の隋王朝に立ち向かっていったが、やはり国際社会の鉄壁をこじ開《あ》けることはできなかった。日本中が涙した日は、静かに暮れていった。

長年、国民への慈しみと権力感情の相克に悩んできた馬子の心にも大きな亀裂が走った。修復しがたいほどの深さを持った亀裂であった。涙を隠して鬼のような権力意識を駆使してきた我が蘇我馬子も、涙を隠すことが不可能となったつらい一日、天皇と摂政と自分大臣とが一体となって事に当たってきた今までの苦労が一瞬にして吹き飛んでしまった一日、自分も憧れの皇族の一員ではないかという甘美な錯覚を一人で味わうことのできた幸せな日々を一挙に無効にしてしまった一日は、「朝貢」という2文字を見た瞬間、無惨にも砕け散っていった。

小墾田宮《おはりだのみや》の夜は深々《しんしん》と更《ふ》けていった。夜空には鮮やかな三日月が、白く皓々と光を放っていた。

＊

聖徳太子が34歳、蘇我馬子が推定74歳ぐらいと前に述べたが、間《あいだ》に入る推古女帝は、馬子とは叔父・姪の関係であった。推古女帝と聖徳太子は、叔母と甥の関係である。

ということは、馬子を筆頭に考えれば、子の世代と孫の世代を取り込んだ三世代トリオだったということになる。もし民間人の間にこのような関係が成り立っていれば、戦前の民法では、親族会の戸主は誰になるのであろうか？

この稀に見る準神聖家族（血のつながりが直接的ではないので「準」を付加する。聖徳太子は、推古天皇の兄である用明天皇の皇子。ことわっておくが、三世代トリオと言っても、親・子・孫そのものではない）に集中した民意の総合力は、三人が三世代トリオであったがゆえに、日本人のほぼあらゆる世代を包含した強力な糾合力となり得たであろう。だが、この糾合力はあくまで可能性に止《とど》まった。歴史はこの事態を可能性として押し止《とど》めたのである。

このトリオのうち皇室に関係しないのは、蘇我馬子ただ一人、馬子だけが貧乏くじを引いたといういまいましさを感じるのは、あるいは自然な成り行きだったかもしれない。

太子は、これ以後身の回りのことに注意の方向を切り換えていく。そして、やがて太子の心の大部分を占めるようになるのが、膳部女王《カシワデノオオキミ》という永遠の女性だった。ちょうど後の天智天皇や天武天皇にとっての額田女王《ヌカダノオオキミ》のような存在だったのであろう。太子や天智・天武にとって、永遠の女性とは、天皇家の家祖天照大御神のような、輝く太陽神そのものだったのである。

＊

三世代トリオの外交首脳部が絶望のどん底にたたき込まれた時から幾日かが経った。日本中が泣いた日々は次第に遠ざかり、再び大八洲国《おおやしまくに》に静寂が戻った。大御宝《おおみたから》を成す国の人々は、いつの間にか日々の労働に立ち返っていた。ある一定時点で、一点に集中した三世代トリオは、それぞれの政治の日常をこなすだけの毎日なのであった。

聖徳太子も、波立つ気持ちを取り静め、日々の政治実務に精出すようになっていた。仕事は坦々と進んだ。大きな難点もないルーティンワークは、太子には別段これといった判断を要するものではなかった。

蘇我馬子も、権力意識の蹉跌《さてつ》にもかかわらず、日常の流れ作業でしかない行政の仕事を健気《けなげ》にこなしてはいたが、心の中にポカッと開いた空洞は、何を以ってしても埋め合わせることのできないものであった。理の勝った彼は、後にカドが取れてから人望を得て、人々から島大臣《しまのおおおみ》と愛称で呼ばれるに至る。

推古天皇も、日々の決裁の仕事を淡々と流していたが、小墾田宮の大極殿の執務席に座っている自分がいかにも空しく感じられ、奥の院としての自らの役割に不合理な感の拭い去れない、割り切れない気持ちが広がるのであった。

中国の格上意識は、それほどにも、日本人の政治意識を深く、深く規定していた。俗っぽく言えば、目の上のタンコブがいつまで経っても取れない不愉快さが、いつまでも続くようなものであったのである。

そうした何の変哲もない毎日の平凡な生活の中で、特筆すべき事件が起こった。太子が片岡山に出かけた時、行き倒れの年老いた農夫に出くわしたというのである。太子は衣と食をその場で脱ぎ与え、その農夫のために和歌を詠《よ》み与えた。片岡山で飢えて伏せっている農夫よ、親や主君も心配しておろうに、早く帰っておやり、とやさしくさとされる太子なのであった。

翌日、その行き倒れを偵察させた太子は、しばらくして「あの農夫は、すでに死去した模様です」という報告を受けることとなった。そこで太子は大いに悲しみ、その農夫の伏せっていたちょうどその場所に、死体を埋葬し墓所を整えて差し上げた。

数日後、太子は側近の者に、

「先日会ったあの行き倒れの農夫は、ただ者ではない。きっと聖人の類《たぐ》いであろう」

と洩らされた。即刻、太子は今一度つきかためた墓所に様子を見に行かせたが、その返事は驚くべきものであった。

「墓所の、土を盛って仮に埋葬した所は少しも動いておりません。にもかかわらず、中を開けて注意深く覗《のぞ》き見ますと、骨の浮いた死体はすっかりなくなっておりました。ただ太子が着せてお上げになった衣服だけが、畳んで棺《ひつぎ》上に置いてありました」

との使者の返事が戻ってきたのである。

事態を察知した聖徳太子は、再び使者をやってその衣服を取ってこさせて、ご老人に着せて差し上げた時までと同じ要領で、自然さを保ったままた自分が着用なさるのであった。

その当時の人々は、たいそう不思議に思って、「聖人が聖人を知るというのは、誠《まこと》に本当のことだったのだ」と感服した次第であった。

推古26年8月、高句麗から来た使節団は地方特産品を献納した際に、次のようなニュースをもたらした。

「推古22年に、隋の煬帝は30万の軍勢で我が国を攻めてきましたが、我が国の反撃にあって退却致しました。その後、反乱が起り、煬帝は殺害されて、代わりに李淵という人が唐という国を起こすに至りました」

やはり、聖徳太子が恐れていたこと、聖徳太子だけでなく推古天皇も大臣蘇我馬子も一様に皆恐れていたことが実際に起きてしまったのである。

だが、権力政治にひどく幻滅を感じていた太子は、このビッグニュースを聞いてもほとんど何の感興も催さなかった。乾いた気持ちでそのニュースに接した太子は、寵妃の膳部女王が給仕してくれた昼餉《ひるげ》を食べ終わると、静かに法隆寺の夢殿に向かうのだった。

「あの国書の件は夢だったのだろうか？　幻だったのだろうか？　それとも」

太子には、確かに現実そのものだった。

歴史は大車輪とともに通り過ぎていった。

あの時の轟音《ごうおん》は今はすっかり消え去って、夢殿に近い楠《くすのき》の大木からは、栄枯盛衰、諸行無常を告げる蟬の鳴き声が盛んに降りしきっているのだった。

推古28年には、後の蘇我氏滅亡の折に焼失したと言われる、『天皇記』『国記』その他の本記が、聖徳太子及び島大臣の両名によって書き録《しる》された。


推古29年2月4日、いつも太子の膳部《ぜんぶ》を担当する寵妃膳部女王が突然病死した。

今思えば小柄な身体で、かいがいしく太子の身の回りの世話をしてくれる女王に、太子は感謝の気持ちを通り越して、いつしか恋心を抱くに至っていた。

彼女は無口だった。しかし、太子を敬愛する心は日一日とふくらみ続けるのだった。

太子の雄々しさとおおらかさは、女王にはまぶしいほどであった。そんなに身分の高くもない自分を皇妃にまで取り立ててくださった太子には、限りない感謝だけでなく、限りない尊敬の念に打たれるのだった。

いつの間にか女王は、聖徳太子の背中を見上げるとき、その広い背中に「我が背の君」

と呼びかけるようになった。太子の背中には後光がさしていた。太子と女王は、同じ愛の雲に乗っていた。２人だけの愛の世界に旅立つことを太子は望んだ……。

女王の亡くなった2月4日の翌2月5日夜半、太子は斑鳩宮《いかるがのみや》で自殺した。上空には紫雲がたなびき、夜空に稀代の英雄、聖徳太子をほめたたえる楽曲が鳴り響いているかのようであった。

将来、日本の企業戦力の底力となる和の原理は、こうして成ったのである。

斑鳩宮の太子の座机には、在家信者向けの仏典『維摩《ゆいま》経』の注釈書が置かれていた。

夜が明け、法隆寺には白雪が降り積もっていた。

この時の町の人々のありさまを『日本書紀』は次のように綴っている。

この時に、諸王・諸臣と天下の人民は、みな、老人は愛児を失ったように悲しみ、塩や酢の味が口に入れても分からず、幼児は慈父母を亡くしたように悲しみ、泣き叫ぶ声が往来に満ちた。また田を耕す男は耜《すき》を取ることを止《や》め、米を舂《つ》く女は杵《きね》の音をさせなくなった。皆、「日月は光を失い、天地は崩れ去ったようだ。これから先、いったい誰を頼りにすればよいのだろう」と言った。

（『新編　日本古典文学全集3　日本書紀（2）』小学館　1996年）


聖徳太子は、夢殿から天寿国という夢の国へ旅立った。後には夢の浮橋が浮かんでいた。

太子の死を知った蘇我馬子は、権力者の鬼の目に涙を浮かべて叫んだ。

「太子よ。本当に無冠の帝王で良かったのか！」

馬子の心の、鬼と仏の戦いはここに終わりを遂げた。

波紋

それは、突然やってきた。

その日は、立春を過ぎたとはいえ、まだ寒さの強い、平成30年の2月7日であった。

70歳の入居者、沢渡直樹《さわたりなおき》は眼科の診察を終えて、今日一日の夕食を老人ホームのレストランで喫していた。

「会社が替わって、食事が旨《うま》くなったな」

と、直樹は感心した。

「会社って、株主が代わるだけで、こんなにも経営のやり方が違うんだな」

現役時代税理士をやっていた直樹にも、顧問先の会社の株主が交替するという経験はなかった。もちろん、経営者の子息が相続などを通して新たに親の株式を取得し、新経営者として就任するという形はよくあったが、投資目的で株式を取得し、その会社の経営を全面的に刷新していく、という形は経験しなかった。

まして、その株主交代を内部から見るのは初めてだった。新旧両者の違いが面白いほどよく分かった。税をめぐる裏表とはまた違った面白さだった。

「それにしても、本格的な経営体制を敷くまでに、実に入念な準備をするんだな。重厚な進め方だ。一見して重量級の親会社であることがよく分かる」

今度の親会社は、リゾートホテル系だった。天皇陛下が東京本社を視察に来られたと言うほどの名門だった。

その介護付き有料老人ホームは、日本一のみずうみ琵琶湖のほとりにあった。

紀代子《きよこ》は、その老人ホームに介護士として5年前から勤務していた。この介護の仕事は、わりと好きなほうだった。紀代子は勤め始めた頃、老人ホームが株式会社であることに少しチグハグな感じがした。法律知識のない紀代子には、老人ホームであることと、営利組織であることとがどうしても結びつかなかったのだ。何か、老人を食い物にして金もうけをしているような、悪徳企業とまではいかないが、不健全な感じがした。が、毎日仕事をしているうちに福祉事業にもなれてしまって、この業界はこんなんなのだろうと思えるようになった。そのうち気になることもなくなった。50歳の時だった。

そうした日々の仕事を終えた紀代子は、レストランで入居者と同じ夕食を食べて帰ることが多かった。帰って食事を作るのが面倒なときは、よくホームのレストランを利用する彼女だったのだ。

紀代子は、いつも世話をしている女性の前のテーブルに腰かけ、声を掛けた。

「膝が痛む？」

「今日は寒いから、痛い」

「サポーターを巻いてると、温まるよ」

女性は、にこっとした。

紀代子は、ほほ笑みを返しながら、食事を続けた。

沢渡が同じ長テーブルの端に居ることは、レストランの部屋に入った時から知っていた。黒いセーターを着ていたからだ。

沢渡は、いつものように一人で黙々と食べていた。少し陰気臭くもあった。

だが紀代子は、大人しくて、慎しみ深い、感じの良い人という印象を持っていた。何とか近づきたいと常々思っていた。

すると、いきなり沢渡が紀代子に声を掛けた。

「日赤の眼科の今野先生、この3月で病院辞《や》めるみたいねー」

「そうみたいね」

「良い先生だったのになー」

「独立されるようよ。病院側とで患者さんの取り合いになるわ。良い性格だったから、たくさんついていくみたい」

「そうやな。良い性格やったな」

と直樹が言い終わるか言い終わらないうちに、紀代子は席を横移動し、直樹の前に座った。まるで、このチャンスを待っていたかのような素早さだった。雌豹《めひょう》の鋭さと言うべきか。

そして、いきなり驚くべき言葉を直樹の面前に言い放った。

「私、あなたが好きなんです。好きなんです……」

「私、からだにガンの手術跡があります。沢渡さんて父によく似てるんです。ふとした時の仕草が、父そっくりなんです」

紀代子の胸は、早鐘が打つように波打っていた。息をするのが苦しいぐらいだった。紀代子の乙女心は、今にも破裂しそうだった。即座に断られるのではないだろうか、嫌われるのではないだろうか、とても怖かった。しかし、この瞬間を逃せば次のチャンスはいつ巡ってくるだろう？　紀代子の心は必至だった。あれほど何度も考えて巡ってきた折角のチャンスだ。一《いち》か八《ばち》か、当たって砕けろの心境だった。

すると、直樹は次のような言葉を小声で発した。

「まだ若いのに、手術跡を残しているなんて、かわいそうに」

(俺が病人だったら、もう年だから自分の身にいくら手術跡が残っても平気なんだけど)

直樹は続けて心の中でそうつぶやいた。

(人生をほとんど生き終えたと思っていたから、これからいくら手術を受けようと、いつでもその時点で死ぬ覚悟はできている)

2年前に、直樹は妻をガンで亡くしていた。2人の間に子はなかったから、いざ妻に死なれてみると、とても寂しかった。ほとんど2人ぽっちのような生活をしてきたから、妻のいない寂しさは殊の外こたえた。すっかり生きているのが嫌になった。

そんな直樹だったから、妻以外に自分に思いを寄せている女性がいるなんて想像もつかなかった。

茶飲み友達どころではなかった。恋愛の相手として選ばれていたのだ。もっとも、紀代子は入居者(世話を受ける側)ではなく、生活部の職員(世話をする側)だったから、当然、年齢は定年以下の若さだった。茶飲み友達とか単なる話し相手以上の関係が成立することもあるだろう。

それにしても、直樹は、俺が⁉ という気分だった。紀代子は、嫌なタイプではなかった。どちらかと言えば好きなタイプだった。何か意に沿わないことがあるのだろうか、悲しそうな寂しそうな瓜実顔《うりざねかお》をしていた。全然、年相応の老《ふ》け顔というのではなく、年より大分若く見えた。その声は、独特の粘りつくような甘え声だった。一声聞けばすぐに誰であるかが分かるような声をしていた。

しばらくして、紀代子は興奮が納まったのか、席を立ってそそくさと厨房のほうに下がっていった。

直樹は不思議と落ち着いていた。女性から愛の告白を聞いて、有頂天になったり、憤慨したりするような年齢《とし》ではなかった。冷静に受け止めていた。

かと言って、わざと無視しているというのでもなかった。恋そのものに冷淡というのでもなかった。人間というものは、つくづくいじらしい者だ、桔梗《ききょう》の花のようないじらしさだ、そんな思いに深く浸されていた。一瞬、夜空を斬って走り落ちる一個の流れ星を見たような錯覚に陥る直樹であった。

夕食から帰ってきた直樹は、はずんだ気持ちでもなく、打ち沈んだ気持ちでもなかった。うっとうしいという気持でもなく、全く呆気《あっけ》にとられていた。不意打ちを食らった気分だった。何が何だか分からなかった。何が起こったのか？　事態を把握するにも情報が何もなかった。

直樹と紀代子との間には、ついさっきまでは何の関係もなかったのだ。だから、２人が一緒に住んでいる世界もなく、全く赤の他人だったのだ。それが、彼女の愛の告白を聞いて（と言うより聞かされて）以来、世界はガラッと変わってしまった。直樹と紀代子の間に感情関係が成立し、２人は愛を共有すべき間柄、恋愛途上の世界に一緒に住むことになった。

２つの要素に何らかの関係が成立すれば、そこに２つの要素を包む一個の世界が存在するに至るという一般論が沢渡直樹の持論だった。世界には少なくとも２つの要素があり、それらを包括する「関係」というものが中心軸として一本通っていれば、そこに世界は実在する、という理論であった。ただし、世界が幾つもの関係で分断されることもあり得る。この場合は濃度の薄い世界が２つ以上、別の角度から言えば、幾つもの関係が含まれた一つの世界というものもあり得る。この場合は濃度の濃い世界が一つという理論でもあった。だから、煎じ詰めれば、世界の本質は関係である、ということになるのである。これを直樹は、「多角球の理論」と称していた。生物学の桑実胚のイメージである。あるいは、多重関係の理論と言っても良い。シロウトの哲学だが、何の哲学書も参照せずに自分の頭で考えて到達した結論だった。学者頭《あたま》の古臭い理論とは全然異なるという自負があった。数学は、哲学の源となり得たのだ。

博士号も欲しいとは全然思わなかった。生きていく上で役に立つ理論であれば、ただそれだけで良かった。生きていく道具として何の役にも立たないのであれば、たとえ自分の創り出した理論であっても、遠慮なく踏み付けにされても構わないと直樹は思っていた。役に立たない理論にしがみつく理由は、直樹には何もなかったのだ。

直樹と紀代子の2人の間に恋愛の世界が成立するのだろうか？

2人が共に生きる社会、それは2人が共に息をする世界でなければならなかった。それも2人が同じ息をする世界でなければならなかった。2人が別の息をする世界、それは引き裂かれた世界であり、死の世界であった。もちろん、死の世界へ導く社会は悪の社会であるに違いなかった。

直樹と紀代子は、心臓の鼓動を共にする世界を作れるだろうか？　今はまだ紀代子から直樹への一方的恋愛、すなわち片思いに過ぎない。直樹はさっき恋心を聞いたばかりである。まだ、直樹から紀代子への恋愛線は延びていない。ゼロである。しかし、延びる可能性はある。

全体から見ればまだ片思いかもしれないが、紀代子から直樹に向けて恋愛線が発せられた、ということ自体が一つの奇跡かもしれないのである。70歳のおじいさんがキューピッドの矢の的になり得るなどということが、そうそうあるはずもないことなのだ。

そのそうそうあるはずもないことが起こっている。だとすれば、そこには思わぬ落とし穴があるかもしれない。一度順序立てて考えてみる必要がある。

そこまで考えて、直樹は老人ホームの大浴場へ風呂に入りに行った。着替え類は、夕食へ行く前にあらかじめ自分で用意しておいた。それを持って、直樹は1階へ降りていった。

大浴場から帰ってきて、直樹は明日の洗濯物を出す準備をしてその袋を玄関口に出すと、テーブルの椅子にどっかと腰掛けた。冬場ではあるが、大浴場の温泉場は温かく、この2階へ上がってきてもまだ身体がほてっていた。エアコンの暖房を付けると、汗がにじむほどだった。

10分ほどすると、身体のほてりも冷め、温度も湿度もちょうどベストコンディションになった。

そこで直樹は、また夕方の例の、愛の告白について考えをめぐらし始めた。

「一体、どういうつもりであの告白を投げつけたのだろう?」

理由は一切分からなかった。

セックスを求めているようでもなかった。どうしても、末端的な理由だけとは思えなかった。

「本当に俺が心底好きということなのか。そんなことがあり得るのか」

「旦那との仲が良くないのだろうか?　どの程度良くないのだろう?　旦那との仲が普通なら、なぜ俺との間に愛情の橋をかけようとするのだろう?　単なる不倫を望んでいるのだろうか?　そんな言い方ではなかったがなぁ。もっと真剣だったけどなぁ。はっきりしていることは、セックスだけを目的として近づこうとしているのではない、ということだ」

直樹は、紀代子の真意を量りかねた。彼女の名前すら知らなかったのだ。全く考えがまとまらなかった。彼女の愛の告白が何を意味するものであるのか。何を直樹に求めているのか皆目見当がつかなかった。考えは堂々めぐりだった。

セックスだけを目的としたものだろうか？　いや、彼女の訴えかけは、もっと真率なものだった。悪ふざけの類《たぐい》では決してなかった。それだけに、直樹は簡単に判断を出すことができないのだった。

「しかし、いずれにしても、彼女との関係は保留にしておこう。ただちに、関係をなしにしてしまうこともできないし、さらに関係を先に進めることもできない。ひょっとすると、彼女のこれからの人生を左右することになるのかもしれないぞ」

直樹は、ようやく一応の断を下した。

彼の脳裏に、二、三の女性との交際のわずらわしかった青年時代が、フラッシュバックのようによみがえった。

「また光源氏の悩みか。この年になってまで……」

直樹は、少々重苦しい気分ではあった。時間進行につれての感情のもつれ合いは、かなり芯の疲れることであったのだ。しかし、女性から告白を受けるということは、決していいかげんに始末できるものではなかった。恋は女の命だった。その恋心の告白は、命の根底からの叫びだったに違いない。直樹は、その切迫した気持ちを思わずにはいられなかった。

「とにかく、保留の態度を」と、直樹はつぶやいた。「先方に告げなければ、このまま、ほったらかしにしておくわけにはいかない。どういう風に言えばよいだろう。この老人ホームにはたくさんのおじいさんがいる。その中で、特に俺を選んでくれた、ということは少なくとも（この少なくとも　というところが重要なのだが）、俺のファンだということだ。……そうだ、ファン宣言ありがとう、取りあえずそう言っておこう。これだけは確実なことだ」

「今度彼女に会った時には、そう言おう」直樹は決心した。

「彼女の告白の全容がつかめないから仕方がない。どう踏み出したら良いのか……」

それでも彼は、自力で一歩を踏み出そうとした。

次の未知の世界に挑もうとする高齢者沢渡直樹の雄々しい姿が、そこにあった。

翌朝、すがすがしい気分で直樹は目を覚ました。緑色のカーテンを開けると、外の湖面はきらきらと輝いている。晴天だった。水がレースのカーテン越しにゆらゆら揺れている。レース越しだと光の反射が抑えられるのか、銀色の版画のようにいぶされていた。いぶし銀のようだ。

湖水を見た直樹は、今日はよく晴れているなぁ、とつぶやいた。

「いつもながら、このいぶし銀の揺らめきは天下の絶景だ」

直樹は満足だった。平安時代の藤原道長の気分だった。光源氏は道長の分身だったのだろうか。

道長の娘中宮彰子に仕えた紫式部が、同じ琵琶湖畔の石山寺で『源氏物語』を構想したのは、ごく自然なことに思われた。あのいぶし銀のような湖水の揺らめきは、あれだけの並外れた着想をもたらしてくれるに十分な豊饒《ほうじょう》を含んでいた。そこには、産みを促すものがあった。

直樹の頭の中で、『源氏物語』の冒頭の一節が響き始めた。

いづれの御時にか、女御・更衣あまたさぶらひ給ひけるなかに、いとやむごとなき際にはあらぬが、すぐれて時めき給ふありけり。

（訳）どの帝《みかど》の御代《みよ》であっただろうか、女御や更衣が大勢お仕えしていらっしゃった中に、たいして高貴な家柄ではない方で、格別に帝のご寵愛を受けて栄えていらっしゃる方があったそうだ。

桐壺の出だしであった。日本王朝のピークもかくやと思わせるほどの流麗な文体であった。人も知る、日本の国風文化の精髄である。

直樹は、布団をたたみ、洗顔と歯磨きを済ますと、朝食券を持ってレストランへ向かった。レストランへは、入居者が三三五五好き勝手に向かうのである。7時半から9時の間なら、いつ行っても朝食が出るのだった。

レストランの帳場に立っていたこのホームの職員が、直樹の入っていった背中に挨拶を送った。直樹はすぐに振り返って、職員に挨拶を返した。

今日の一日が始まるのだった。

いつもの朝食をとった後、直樹はレストランのある2階から、メールボックスのある1階に階段を下りていった。階段の途中では誰にもすれ違わなかった。

メールボックスで新聞の朝刊を取って、エレベーターで2階に戻った。

2階の自分の居室に戻った彼は、

「今日は、紀代子に会わなかったな」

と、少し残念そうにした。

「今日は遅番かな」

外はやや陰ってきていた。風はなかった。

琵琶湖は、静かにさざ波を送っていた。

「琵琶湖悲しや　女の湖《うみ》よ」

昔、朝の連続テレビ小説で放送していた番組の主題歌が脳裏を行き過ぎた。

「ぼてじゃこ物語」というドラマだったろうか？

随分昔のものだ。

直樹は心の奥でそう思った。

琵琶湖はなぜか、悲しさを感じさせるみずうみだった。静けさから来るのだろうか？

空は広々としていた。向かいの岸辺には、湖東の山々が延びていた。2階の直樹の室から前を遮る建物は何もなかった。前から左へかけて琵琶湖の湖水が広がっていた。妻は、この室で死んだ。彼は1人ぼっちになった。しばらくは、孤独の殻《から》を脱け出すことができなかった。


朝刊を食後1、2時間かけて読んだ後カルピスで喉を潤して、直樹は散歩に出掛けることにした。散歩といっても、どこか遠くに出掛けるのではなく、この有料老人ホームの建物群の周りを歩くのだ。

直樹の居室は8号館にあり、レストランは6号館にあった。

外は立春を過ぎたとはいえ、まだ2月、かなり寒そうだった。

直樹は、黄色のヤッケを着込んで玄関を出た。玄関のみならず出入口はすべてセキュリティがかかっているのだった。直樹も、その解除ロックを持たされていた。

外へ出ると、日はよく当たっているが、空気が冷たかった。

創立何周年かに記念植樹したしだれ桜の木の所から出発して、建物をぐるっと一周した。途中で生活部の職員さんに連れられて、おばあちゃんが1人散歩しているのとすれ違った。

「こんにちは」「やぁ、こんにちは」

老人ホームは老人ホームで一つの会社だった。ここは一つの会社の大津営業所という格であり、ほかに宝塚営業所や御影《みかげ》営業所などがあった。別の角度から見れば、老人ホームの連合体が一つの会社だったのである。その持株会社（つまり、この老人ホーム会社を子会社とする親会社）は、連結決算グループのトップを占めた。

会社では、入居者は、入居者様、入居者様と言われて大事にされた。つまり、高齢者はお世話をしてお金を落としてもらう資金源だったのである。

もちろん、マンションのような所もあって、住居費として多額のお金を入居時に一挙に払わなければならない。大抵皆、居宅を売ってそのお金で入居一時金を支払っていた。その上で、なおかつ上記のような生活費が毎月必要なのだ。有料老人ホームと言われるゆえんだった。タダで働いてくれる労働者などどこにもいない。少なくとも、社内で働く労働者に支払う給料分は、会社自身が稼ぎ出さなければならない。そのための売上である。

それらのお金は、すべて入居して世話を受ける入居者たち全員の懐に源を発しているのだ。会社としては、下にも置けない人たちだった。いわばセレブと言ってよい。職員としては対応如何によって、懐を発するお金の金額が増減する可能性が高いのだ。人が相手であるから、職員としては油断のできない仕事であった。物が相手の仕事とは異なる。

これらは、福祉政策を自営化した企業の営業形態であった。行政の一環として行われる公企業の出先機関ではなかったのである。勢い、有料老人ホームはサービスが細やかでよく行き届いている。資金繰りは自主自立の私企業で、全く普通の営利事業を行う会社そのものにほかならない。

会社の場合は、資金の回り方が私《わたくし》回りである。行政公庫を通ってくる公《おおやけ》回りとは異なる。経営の仕方は、公企業であるか私企業であるかで違いはない。全く同じである。つまり、税金によって設立され、税金によって運営（私企業形態では、経営という言葉を使う）されているのが特別養護老人ホームであり、いつも税金が出発点にある。すなわち、地方自治体の国庫、正確に言えば行政公庫のトンネルを通っている。会社の場合は、通らない。

ところが、直樹が入居して、紀代子たち職員が働いているこの有料老人ホームは、毎日毎月の運営資金（普通は運転資金と言うが）を税金に頼ることがない。したがって、会社資金を調達するのに、新株や社債の発行を通して実行することができるから、会社外部に依存することなく、その会社自体で完結することができるのである。逆に言えば、税金による補助を受けていないから、その税金の直接の出し手である市役所や県庁からくちばしを差しはさまれる恐れもない、ということになる。つまり、営業資金が自立しているのだ。結局、我々のホームは、資金的にも立派に一本立ちしていると言えるのである。

余談になるが、マルクスは、『資本論』の中で資金の分析（キャッシュフローの分析）抜きで経済を論じている。本当に経済が分かっているのか？　実務的なタッチが全く感じられない。単に法螺《ほら》を吹いているだけではないか？　世間知らずという感じがしきりにする。理屈だけが宙に浮いているのだ。（マルクスは、何の労働者になったことがあるのか、不思議議にも聞いたことがない）

それはともかく、直樹は散歩から帰ってくると、シャワーを浴びて下着を換えた。もう時計は11時半になっていた。

「あと40分ほどしたら、昼飯を食べに行くか」

直樹は、テレビを点《つ》けた。

型通りの昼食を終えて、室へ帰ってくると、直樹は自分のベッドの上に横になった。隣には、亡くなった妻のベッドが空のまま置かれていた。

ベッドを見るともなく見ていると、在りし日の妻との語らいがまざまざと思い出されるのであった。

「妻はどこへ行ったのだろう。魂は、焼かれる前に確かに抜けていったのだが。抜け出して、宇宙の別次元へ移ったように思えた。俺の勘違いだったのだろうか。あの時、確かに魂は浮いていた。ハッキリこの眼で見たんだ。もちろん、肉体は死んでいたから、あの魂は死霊《しりょう》だ。生霊《いきりょう》ではない」

直樹はつくづく不思議だった。「なぜ、死の直後にあんなものを見たのだろう?」しかし、去る者は日々に疎《うと》し、で妻の現実感は徐々に薄れてきていた。いや、「徐々に」と言うより、「大部分」と言うべきだったろうか。もっとも「急激に」というほど早くはなかったが……。

直樹は眠たくなってきた。目がしょぼしょぼした。

窓側とは反対の奥側に寝返りを打って、少し昼寝をすることにした。

太陽はニーチェの輝きを放っていた。

「牧神の午後への前奏曲」が鳴り出しそうな空間で、けだるさに満たされたやるせない疲労が直樹を眠りに導いた。次第に彼の記憶箱は薄もやに包まれていった。

直樹が眠りから覚めた時、もう時は2時を過ぎていた。日射しはやや陰《かげ》りを含んでいたが、雲が空を次から次へと足早に通り過ぎていた。そのたびに、太陽が出たり入ったりした。ホームの庭の植木が、揺れたり静まったりし、湖面には、静かなさざ波が立っていた。夕方に向かおうとする昼の一時《ひととき》であった。

直樹は、気分を換えるために、洗面台に立っていった。冬の冷たい水は、直樹の気持ちを透明な、ハッキリしたものにした。さすがに爽快だった。生き返ったような気持ちだった。頭もスッキリしてきた。

「そうだ、5時半の晩ご飯まで、少し本を読もう」


現代物の日本の小説を読んでいるうち、直樹はふと思った。

80歳の平均寿命まであと10年あるな。10年あれば一仕事できるのではないか？

夏目漱石もドストエフスキーも、10年間で多くの作品を書いたというではないか。

そうこう考えているうちに、時刻は5時半を廻っていた。

直樹は、メニュー表の夕食欄を追い、A、Bどちらの食事にするか決めて、夕食券を取りちぎった。そして、室のカギを締めて、レストランへ向かうのだった。


夕食時、紀代子がレストランの帳場に立っていた。直樹が入っていくと、その入口の帳場の台から紀代子がほほ笑んだ。

「こんにちは」

紀代子は、入居者の直樹に声をかけた。

直樹も笑顔で、「こんにちは」と挨拶を返した。

紀代子の笑顔は若々しい曲線を描いていた。笑顔には肉感まであった。脂肪分が付き過ぎているというのでもなかった。程よく引き締まった筋肉をしていた。

「毎日働いていると、こんなにも筋肉が引き締まるのか」

直樹は、ちょっとびっくりした。70歳の直樹には、ややまぶしかった。

「ひょっとして40代なのだろうか？　今日びの女性は若いから、それもありかも」

直樹は、内心で紀代子の年齢を推測してみた。

紀代子は、直樹の年齢をパソコンで知っているはずだった。入居者のデータは、細大もらさず入力されているはずだ。紀代子を始めすべての職員たちが、介護の必要上毎日接している情報だった。

「50代にしてはからだが若々しい。それとも、この頃の女性はあんなに若いのだろうか？」

70歳の直樹の目には、まるで自分の娘のようだった。気性も娘、からだも娘。若々しさが目立つのだ。一体どうなっているのだ。直樹は自動的に父親にされてしまったような恰好だった。

直樹は、席を決めてどっかと腰を下ろした。見ると、生活部のＯＬ紀代子は、レストラン全体を油断なく見回していた。何か変わったことがないか、食事客に用件はなかったか、などを思いめぐらしているのだろう。真剣そのものだった。入居者同士には談笑の機会ではあっても、ＯＬには勤務中だったのである。

すると紀代子は、ある入居者の所へ水と薬を持ってすばやく近づいた。レストランを出るまでに、食後の薬を飲んでもらわなければならないのだ。入居者であるおばあさんは、毎日服薬していることすら覚えていないこともあり得た。薬は1日たりとも欠かすことはできないものだった。恐らく、これは服薬管理という仕事区分なのだろう。入浴介助や身体護送のようにマニュアル化されているもののようだった。

老人ホームの仕事はキビキビと進んでいた。しかも、男性職員にも女性職員にも目立った不満はないようだった。職員同士和気あいあいと仕事がなされていた。

直樹は、この老人ホームの労使関係に注意していた。最近よく新聞に出てくる老人ホームの不祥事には、その老人ホームの労使関係が下地にあるのではないかとにらんでいたからである。

あんなに簡単に老人が5階や6階から投げ落とされて殺されるのは、世話をする職員たちの資質もさることながら、労使関係の不調によるストレスが、そのホーム全体に溜まっているということもあり得るのではないかと警戒していたのである。ストレスのとばっちりが老人に向けられることもないとは言えない。

別に、労働者がかわいそうだからといった少女趣味で見ていたわけではない。働かなければ給料はもらえず、食っていけないのはアホでも知っている。そんな少女趣味ではなく、老人の自衛のためだったのだ。

もし労使関係がうまく行かなくて、意思疎通が滞っているようであれば、早晩労使の間にストレスが溜まり、そのはけ口を老人に対する攻撃に向けてくる恐れがあった。そんな時、ただちに事態を認識して、自衛手段を講じなければ、不本意な死に方を余儀なくされるかもしれない。

そのような思いから、直樹は、労使関係に注意していたのである。

このホームは、どこもイライラした、トゲトゲしさやザラつきはなかった。逆にダレたユルみもなかった。ストレスもなく、サボり感もない正常な空気感であった。労使関係に問題はないと直樹は判断していた。それでも職員がやめるとすれば、それは職員側の事情によるものであって、会社側の事情によるものではないと推察できた。

そうしたことからも、このホームの経営方針は、合格点がつくだろうとの判断に至っていた。

「どうやら、今のところ、このホームに身をゆだねていいようだ」

直樹は、ほっとするのだった。資本主の交代は、それほど大きなインパクトを与える出来事だったのである。

資本家が代わるということは、すなわち、その時から以後は、経営のやり方がガラリと変わるということを意味していた。

そのうち、紀代子は外に仕事ができたのか、無線のレシーバーを操作して、レストランの外に出た。しばらく帳場が空になった。代わりの職員が入ってきた時、直樹は食後のお茶を飲んでいた。

お茶を飲み終わって時計を見ると、6時20分だった。まだ紀代子は帰ってきていなかった。

直樹は、席を立つとゆっくりレストランを出ていった。後には、まだ多くの入居者が食事をしていた。

ジュータンを敷いた廊下を進んで行くと、誰か1階から2階へ階段を上がってくる後ろ姿が見えた。職員の制服を着た後ろ姿だった。直樹は誰だろうなぁ、と思った。

女性職員は、2階の踊り場で向きを変えた。室へ帰ろうとする直樹と向きを変えた紀代子は、鉢合わせになった。紀代子は、レストランの持ち場へ戻ろうとするのだった。

直樹は、踊り場である図書館の前で足を止めた。紀代子も同様に、足を止めた。紀代子は、昨日《きのう》言うべきことを言ったからか案外落ち着いていた。むしろ、さばさばしているといった感じだった。

直樹は、若干緊張した。しかし、逃げ出すことはできなかった。紀代子も昨日勇気を出して、気持ちを吐きだしたではないか。直樹は、絶体絶命のような感じがした。名前は、いつの間にか覚えていた。

「きのうのファン宣言、ありがとう」
直樹は、すれ違いざま思い切って言葉を押し出すと、どきまぎしながら階段を下りていった。

紀代子は、直樹の言葉を聞いて、なぜか普通の醒めた感覚しか感じなかった。自分の愛を受けてくれるかどうかといったドキドキ感は全然なかった。心の緊張は昨日で味わい尽くして、今日はその虚脱状態にあったのだ。それほど昨日の告白に全力を投入していたのである。紀代子はヘトヘトだった。

年が若い時は、そうではなかった。愛を告白しても、その返事をしっかり聞くまでは不安がつきまとったものだ。その結果、苦汁を飲まされることもあった。

だが、今回は違った。極端に言えば、相手が交際をＯＫしようが拒絶しようがどちらでも良いのだった。要は、自分の直樹への気持ちを打ち明けられれば、それで良かったのだ。自分の気持ちを伝えなければ、直樹の存在が気になって仕方がないのだった。これは確かに恋愛だった。しかも大分濃厚なものだ。

だが告白の後、体力が十分には持続しなかった。そのため、直樹のさっきの返答が半分上ずって聞こえたのだ。決して、うれしくないことはなかった。なぜなら、「ありがとう」ということは、歓迎している言葉だからだ。紀代子が直樹ファンになることを「直樹が喜んでいる」

それだけで意味が通じた。

何しろ、直樹の紀代子への気持ちはゼロの状態から出発したのだ。そのことを紀代子はよく知っていた。もうあの時のこと、直樹が紀代子のほうを振り向いてもくれなかった頃のことは思い出すのもいやだった。いくら奥様が亡くなったからと言ったって、少しは周りの女性職員にも視線を投げてくれればよいものを。全く奥様一筋なんだから。紀代子は、直樹が恨めしかったのだ。しかも日《ひ》にちがたてばたつほど昂進してきていた。早く何とかしなければ、毎日の仕事に差し支えが出てくる恐れがあった。罪作りな奴だ！

全く、源氏物語の現代版だった。源氏ワールドだった。基本的に、世の中には男と女しかいない。労働者も資本家もないのだ。

おかしいほど直樹には、光源氏の影がつきまとった。若い時からだ。若かった時も、あの女性、この女性から関心を向けられている気配を感じたものだ。感情の余韻とでも言うような、空気の変化にそれを感じるのだ。おかげで、彼の天性の感受性に磨きがかかった。ヒト科のオスとヒト科のメスの成す世界、人間社会はすべてこれに尽きた。これより根本になるものは、もはや何もなかったのだ。

思いを寄せている人がいるからと言って、無条件でＯＫを出すというものでもなかった。そんなに女に不足してはいなかった。思いは思いとして受け止めても、直樹の心の中で次のステップへ移行するだけのことだった。

すなわち、直樹の好みのタイプか否か第1次審査が密かに心の中で進んでいくのだ。そして、最終結論へ行き得る者だけが選ばれて第1次審査をパスする。どう見ても最終結論へ行き着け得ない者は、ほっておかれる。なぜなら、これまでも、そしてこれからも赤の他人にすぎず、何の接点も持ち得ない者ということになれば、もうその時点以後は何の用もない女ということになるからだった。女性からの思いは直樹の心に到達しても、直樹のほうが愛情を持ち得ないことが直樹の心の中で確定すれば、その女の思いは、永久に片思いのままに終わる、という点に秘密があった。直樹のほうが愛情を持ち得ないかどうかは、直樹が自己を見つめるだけで知ることが可能だった。何の関心も呼び起こさない女は、たとえその女から思いが寄せられている感じはあっても、その感じにハッキリした裏付けが取れない以上は、直樹にとっては、単なるそこらの通行人と同じだったのである。差し当たり、何の用事もなかった。だから外見上、見向きもされない女ということになる。

それは、直樹にしてみれば当然のことだった。直樹にも選ぶ権利はあったからである。思いを寄せられたからといって、自動的にその女に決めなければならない義務などどこにもなかったのだ。直樹は、思いを寄せてくる女の奴隷にはならなかった。だから、直樹は直樹の独自の観察を始めたのである。

これは、紫式部の手法そのものだった。一方で相手を立てつつも、他方で自分も目的を達するという両思いの恋の世界、平安貴族の恋の世界だったのだ。と同時に、自利利他という人間の本質をも満たしていた。昼の労働、夜のセックスともども自利利他の表れだったからである。

源氏物語の主人公、光源氏のモデルとなった藤原道長は、純粋日本文化の中核となった貴族であるが、天皇という、政治に不慣れなトップを王者と戴くなら、摂関政治が不可避であると考えていたようである。あくまで、天皇家は日本の「奥の院」であると考えていたふしがある。

明治憲法は、その第3条において、「天皇は神聖にして侵すべからず。」と規定するが、平安貴族藤原道長の心持ちとは、大分違ったのである。

道長にしてみれば、天皇という存在を神棚に祭り上げる気持ちなどいささかもなかった。天皇陛下の不自由をお助け申し上げるという気持ちだったのである。目上ではあるが、無限の距離を感じさせるほどの、まるで違った種類の人間みたいな感覚は全然なかったのだ。

戦後憲法のほうが、道長の気持ちに近かった。だからこそ、自分の娘を宮中に入れることができたのである。帝《みかど》が神さまだということになれば、自分の娘を宮中に入れることなどとてもとても怖くてできなかったであろう。自分たちにとってそんなに距離感を感じさせない存在であるからこそ、自分と天皇とが親戚同士であると思い得たのである。逆に言えば家格がそれだけ高かったからである。

この辺が明治元勲と藤原摂関家の違いである。カニの横這いも、藤原摂関家の意識の中では決して起こり得ない事柄であった。まあ言ってみれば、明治元勲と言っても、元々家柄も家格もそんなに高くない――食い詰め者というほどではないが――家の出身者であるから、（元々、長州や薩摩の下級武士出身が多い）自分の位置から見れば、天皇というのは、それほどの絶対的な高さに見えたのであろう。図らずも、自分の卑しさを元勲が自ら告白したようなことになってしまっている。東京が決して上方になれないのも、もっともなことであったろう。東京は伝統文化の担い手などではなく、雑種文化が乱れ咲く無秩序な巷であった。その東京がいくら伝統文化の尊重を唱えても、少しも重みがない。耳を傾ける者は、ほんの少数しかいない。何も波紋は広がらないのだ。

それに引き換え、京都が伝統文化の尊重を唱えれば、日本はもちろんのこと、世界が動く。それほど京都の重みには大きなものがあった。

やはり、京都は歴史の息づく町であった。

それ以後も、会社（つまり老人ホーム）は、カニ料理や桜見物などに連れていってくれた。

カニは、会社のバスに乗って京都まで食べに行った。入居者は25人参加した。その時の行き帰りのバスの中で、直樹と紀代子は隣り合わせになった。入居者である直樹の横の、通路の補助席に紀代子は座った。横同士の直樹と紀代子は、いろいろな話をした。紀代子が55歳であること、子供は男の子が2人、上が30歳で下が25歳であること、下は未婚であるが、上は結婚していて孫もすでにいること、などを紀代子は進んで直樹に話すのだった。

直樹は、人付き合いの良いほうではなかったから、一つ一つの事柄が珍しかった。そして面白かった。耳をそばだてて聞くことができた。

直樹は、妻が死んだこと、身許引受人には自分の姪になってもらっていることなどを話した。気持ちはわりと通じ合うようだった。すぐ先で壁に突き当たるような感覚は何もなかった。引っかかるものもなかった。何の分け隔てをするものもなく、二人の気持ちがすっと交わるような、そんな気安さを感じるのだった。

「これは話がしやすい。気持ちがスムーズに入っていける」

直樹は、楽しさを感じ始めた。

元々、亡くなった妻に生存中から「再婚しても良いよ」と言われていた彼であった。だから、亡妻に後ろめたさを感じることは少しもなかった。しかし、何となく面倒臭い感じはするのだった。別に、女性抜きでも死ぬまで困りはしなかった。そのために、つまり妻の死後身の回りの世話をしてもらうことのために、少し早めに老人ホームに入ったのだ。彼は一人暮らしには、何も抵抗を感じなかった。

だが、紀代子との会話は、会話すること自体が楽しかった。好きという感情ではなかったが、とにかくもっと話していたいという感覚だった。これが茶飲み友達の感覚だろうか？とすれば、紀代子と直樹はすでに茶飲み友達であった。

そう言えば、妻との出会いもこんな感じだった。茶飲み友達の感覚と言うか、話相手として最適だったのだ。非常にスムーズに相手の心の中に入っていけたのである。枯淡の境地と言うには早すぎただろうか。妻と出会ったのは、直樹が35歳、妻が31歳の時だった。灼熱の恋をするほど、２人は若くなかったのである。大人の関係と言うのか、セックスでいきり立つような年齢はとっくに過ぎていたのだ。

４月になって、レストランの出入口の横の掲示板に桜見物の参加者募集の掲示が張り出された。行先は湖北の海津《かいづ》大崎だった。船に乗って、船から桜を見るということだった。面白そうだった。趣向が珍しかった。直樹は参加することにした。

紀代子は、引率者として参加することになっていた。直樹は、よけい行きたくなった。フロントで早速申し込んだ。

直樹と紀代子は、廊下ですれ違った時など互いにほほ笑みを交《か》わすほどの仲にはなっていたが、直樹は、紀代子に単なる話し相手以上の衝動を感じることもあるにはあった。しかし、まだ情報が乏しかった。どこの大学を出ているかなどはどうでも良かったが、紀代子にしても、今の自分の家庭のことを洗いざらいしゃべるわけにはいかなかったであろう。

けれども直樹は、温かい人肌のぬくもりが恋しくなる時もあったのである。

昔、直樹はセックスの数学的意味を考えたことがあった。それによると、セックスの数学は、反射振動及び反射回転の2つであった。反射回転は二次元円運動であったし、反射振動は、前後・左右・上下だから三次元直線運動だった。要するに、この2種類の運動の果てしない繰り返しなのである。これを連立させれば、性科学が成立するはずだった。性医学ではない。性科学である。だが、二次元だとか三次元だとか言うからx軸とかy軸が必要になるのだろうと思って本格的に考え始めたが、目の前にちらつくようになったので、もうやめてしまった。たとえ映写に成功しても映倫をパスしない可能性はあったであろう。科学の研究で警察に引っ張られることも確かにあるなぁと妙に納得したものである。

今年の春は暖かくて、桜の見頃が1週間繰り上がってしまった。だから我々が見に行く予定日には、桜はほとんど散ってしまっているだろうという不手際なことになる始末であった。

だが、直樹は紀代子との同行が待ち遠しかった。紀代子が自分の好みのタイプであることに直樹は満足だった。紀代子の存在感は、紀代子自身の告白の時まで直樹には薄いものであった。あまり接触の機会もなく、積極的に言葉を交わす機会にも恵まれなかった。不思議なことであった。洗濯物の取り集めに紀代子が回ってくることも滅多になかったのである。ために、直樹の抱く紀代子の印象は淡いものだったのだ。それが、紀代子のあの告白以来、直樹には、紀代子の印象がぐっと胸元まで迫ってきていたのである。

　会社の事務室の横に張り出されている職員の一覧写真を見ても、紀代子はどこか寂しそうな表情をしていた。その写真を見るたび、直樹は、旦那さんとの仲がうまくいってないのだろうかといぶかるのであった。寂しげな瓜実顔は、直樹の好みだったが、それにしても気になる顔写真なのであった。源氏物語の夕顔をかたわらで感じる直樹であった。

　海津大崎は案の定、ほとんど桜が散っていた。無残だった。でも、所々花が散り残っている場所もあった。直樹は別に構わなかったが、引率してきた紀代子は、直樹の隣で申し訳なさそうにしていた。

（紀代子さんのせいではないのだから、何も恐縮することはないのに。もっと普通にしていればよいのに）

　直樹のほうが気の毒に思うほど、紀代子はしょげていた。

「でも場所は良かったでしょ。もし予定の通り咲いたら、来年もまた来てくれる？」

　紀代子は自分が企画を担当したからか、名残り惜しげに直樹に尋ねた。

「うん。なかなか景色の良い所やな。予定通り咲いてたら、最高の花見になってたやろにな。惜しいな」

　と、慰めがてら直樹が言った。

紀代子は元気を少し取り戻したようだった。

海津大崎からの帰りのバスでも隣同士に乗り合わせたが、直樹は疲れてウトウトしていた。何もしゃべりたくなかった。

そのようにして、花見ドライブの一日は終わった。


会社はその後も、琵琶湖南回り遊覧や湖東三山の紅葉狩りなど、いろいろな行楽コースを組んでくれた。

平成30年は、そうして暮れていった。直樹の心をおおっていた深い闇が、次第に薄らぎつつあるのを直樹自身はまだ気づかなかった。


年は明け、平成31年、平成最後の年の元旦となった。

直樹が1階のメールボックスに新聞を取りに行くと、ぶ厚い朝刊と社内通信が入っていた。年賀状はまだだった。

室に帰ってきた直樹は朝刊を放り出すと、早速社内通信に目を通し始めた。

いろいろな入居者の手記や短歌・俳句などが載っていた。直樹が投稿した「改憲試案」も堂々と紙面を飾っていた。一部摘記すると、

第2章　戦争の放棄　（改正不要）

第9条　①日本国民は、正義と秩序を基調とする国際平和を誠実に希求し、国権の発動たる戦争と、武力による威嚇または武力の行使は、国際紛争を解決する手段としては、永久にこれを放棄する。（改正不要）
②前項の目的を達するため、陸海空軍その他の戦力は、これを保持しない。国の交戦権は、これを認めない。（改正不要）
第9条の2　①前条の規定は、国が自衛権を行使することを妨げるものではない。
②自衛のための実力組織として、国は自衛隊を常備する。
③自衛権は、これを日本国の領土・領海・領空の範囲に限り、行使することができる。自衛権の濫用《らんよう》は、絶対にこれを禁ずる。
第9条の3　国際平和の確立のため、国際連合その他の国際機構から要請を受けた場合は、日本国は、法律の定めるところにより、紛争国に、兵の一部を派遣することができる。

このような内容であった。第9条の2と第9条の3の2個条を追加するアイデアであった。すばらしい条文であった。我ながら、よくできた条文だとうれしくなった。いかにも元旦にふさわしいめでたさであった。
今にもモーツァルトの曲が聞こえてきそうな気品に満ちていた。流れるような文体でいて、しかも法律としてしっかり抑えのきいたスキのなさだった。

この条文案を読み、それに続く立法趣旨を読んで直樹は、今までの苦労が吹き飛んだ感じがした。条文作りの苦心ばかりでなく、京大法学部の学生時代から今まで、折にふれて研究を積み重ねてきた結果が、こうしてここに集約されているのだ。

正月に臨んで沢渡直樹は、東大の小林直樹教授（憲法学）と京大の勝田吉太郎教授（政治思想史）の学恩に深く感謝した。70歳にしてようやく到達した条文だったのである。改正するなら、もうこれ以上の条文は考えられなかった。1人で独学してきたため、研究歴など何もない直樹にはこれが限度であった。あと、これが国会を通過し、国民投票にかけられ、そしてその国民投票で可決されて天皇の公布を受け、正式の条文になるか否かは、全くの偶然、運任せであった。

しかし、直樹のやれることとは、全力を振り絞ってやり通した。実に苦しい道のりだった。

第9条1個条だけではいかに舌たらずの規定であるか、新しい条文作りの過程の中で、身を以って知ることになった。

新たな条文を創造する過程で気づいた点もあった。日本は自由民主主義の政治思想だけで動いているのではないな、ということだった。もう一つ、民族平和主義と名づけるべき政治思想、政治感情がうごめいていることを肌で感じたのだ。一般の民衆は、むしろこの後者、民族平和主義の政治潮流に乗っているように思えた。天皇制の強固な基盤は、ここにあった。

自由民主主義の政治思想は、舶来のものであり、民族平和主義の政治思想は、自前のものである。最近はメイド・イン・ジャパンがもてはやされる世の中だが、何でも民族主義と言うと戦前に戻ると主張する人の感性の鈍さは、信じがたいほどのものに思われた。

この2本の政治思想の上で、人がバランスを保っているのは、ほぼ確実な事実であった。それは、日本のどこにいてでも、またテレビを見ていても感じ取ることのできる事実であった。沢渡直樹の政治アンテナは、一般性を持ち味とする自由民主主義と、特殊性を持味とする民族平和主義の2つの足場の上に、それぞれ左足と右足を乗せてしっかりと立つ1人の日本人が、自分のアタマで判断を次々と下していく、その弁証法を（観念弁証法か唯物弁証法かはさておき）鮮やかに映し出すのだった。民族主義の情報を得る過程で、好戦主義の雑音まで入る始末であったが。

自由民主主義の要点は簡単である。「各人各様」この一語に尽きる。

民族平和主義は、民族主義＋平和主義である。

民族の生存を第一とする政治思想が民族主義であり、そのためには世の中が平和でなければならない、平和が一番だとする政治思想が平和主義である。この2つは、日本では容易に結びつく。日本は、世界で唯一の被爆国であり、二度と戦争などしたくないと考える人が半数以上を占める。日本人の一人一人に、したがって日本民族全員の心に焼きついている平和主義、これは日本人独特のものである。世界のさまざまな民族の中で、日本民族ほど平和愛をほとばしらせる民族がほかにあるだろうか？　平和主義は日本民族のものなのである。

また、古代の面影を残している象徴天皇制は、日本人の体質に適合している。まさに、民族主義の根源を成すにふさわしい。近代の法定天皇制とは違った風合いを、明治維新以前の天皇制は持っていたのである。むかし気質《かたぎ》の軍人には、守りがいのない制度のように思えるかもしれないが、情報社会の現代では、この象徴天皇制は、ソフトで、あらゆる所に浸透する化学性を持っている。物理的な感じはしないが、数理科学に触れるような感触なのだ。天皇制という制度自体が高度化していると考えるべきなのだろう。あるいは、抽象化していると言うべきか？　戦前の天皇制は物理そのものだった。制度というものは、高度化すればするほど数理化するもののようだ。

いずれにしても、今や、民族主義と平和主義は日本では一体であり、保安官がアメリカの象徴であるように、天皇御一身が日本の象徴（集合人格）なのである。

よって、自由民主主義を一般的抽象的国家イデオロギーとすれば、民族平和主義は、特殊的具体的国家イデオロギーと称すべきだということになる。自由民主主義と民族平和主義の弁証法は、ちょうど男と女から子ども（男または女）が生まれるように、新自由民主主義または新民族平和主義を生み落とす。そして、新たな男、または新たな女となっていくのだ。

それはちょうど、DNAが2本の鎖でらせん状にからまっているように、政治思想が2本、互いの周りを走っている（政治思想の二重らせん構造）。連星のようだと言ったほうが良いだろうか。

2つの政治思想は、弁証法の抽象性ボタン（契機）と具体性ボタン（契機）の2個のボタンにより調節され、平時・戦時それぞれに見合った衣装を整える。しかも、この2個の政治思想は、先祖代々、同じ本質を持った国家イデオロギーなのである。

これが、イデオロギーの世代交代であり、この中で、ゴールのない未来に向かって、国家は生々流転を繰り返す。国家は絶えず、生まれては消え、消えては生まれる。人生無常観に対応する国家無常観である。「国破れて山河あり」という杜甫の詩に、よくその国家無常観が表れている。

この生まれては消え、消えては生まれる国家を過去幾つあったか数えてみた人間がいた。本質的に同じ文明圏の国家を一つと考え、勘定してみたら、何個あったか忘れたが、人間が創り出した文明は案外多いことが判明したという。トインビーという歴史家である。有名な『歴史の研究』という大部の書物に書かれている。

今日は1月7日、新年明けて1週間経った。直樹は、昨日の新年祝賀会で少し飲み過ぎて、頭の芯が痛かった。意識がちらつく時があった。

それでも意識は、紀代子を探していた。紀代子は、遅番のようだった。

紀代子と自分は、顔の相性は合うようだ、性格の相性も合う、身体の相性は長年交わってみなければ分からないが、別に三拍子そろわなくても構わない。

直樹はドロンとした頭で考えていた。

最近、レストランで椅子に座っている時など、直樹は紀代子のお尻のあたりが気になる時があった。男性職員には全然そうした方面の関心は持たなかったが、紀代子が歩いてくる時など、腰の形や大きさがいやに気になるのだ。陰部を想像することさえあった。

(紀代子はどうなのだろう？　やはり俺の陰部を想像しているのだろうか？)

2人とも同じヒト科の動物だから、紀代子が想像する内容も同じであるに決まっていた。

しかし、仕事は仕事だった。仕事をいい加減にするわけにはいかなかった。

「紀代子は、一体あの時、なぜあんなに真剣に迫ってきたのだろう。どんな事情があったのだろう。何を求めているのだろう。本当に飛び込んできてくれるのだろうか？」

直樹は不思議であると同時に不安になることもあったが、女性というものは自分がねらいを定めた精子は、本能的に手放さないだろう、と思っていたから、もう女の野性に任せて事情の如何を問わないことにした。すべて紀代子が了解しているはずであった。

それより、なったばかりである新米作家は、文学の原稿を作ることに精を出した。一つでも多くの原稿を作りたかった。多ければ多いほど良かった。なぜなら、直樹はその品質を一定に保つ自信があったからである。出版契約もすでに結んでいたから、近い将来、著作権使用料が入ってくることは確実だったのである。

紀代子は、直樹の財産をねらっているようでもなかった。息子2人もすでに独立しているから、差し当たり多額の現金が必要という風でもなかったのである。

とすればセックスレスの問題だろうか？

だが、別にセックスに飢えている、という感じでもなかった。

「何なのだろう」

本当に不思議だった。

そう言えば、去年、年も押し詰まった頃、紀代子が何かの用事のついでに、いいかと言って、急いで室に上がり込んだ事があった。何をするのかと思って見ていると、すっと奥に入り、仏壇の横に飾ってある亡妻の写真を見るなり、いきなり手を合わせたのだった。直樹はびっくりしたが、同時に、この人は「まごころの人」だと心底から思った。「まごころの人」であることは、普段の様子から薄々分かっていた。しかし、今度ほどハッキリ分かった時はなかった。仕事を一生懸命誠実にこなす人、まじめな人であることはとっくに分かっていた。その上、寂しそうなその普段の表情は、直樹を惹きつけてやまないのであった。

写真に手を合わせてくれた時、直樹は紀代子を後妻に迎えても良いという強い衝動を覚えるのだった。

そうするうちに、日が過ぎて、1月も12日となった。紀代子との件は、紀代子に全面的に委ね、作家の直樹は執筆に専念することにした。原稿用紙を埋めるのは面白い仕事だったし、紀代子の情報を集めてどうのこうの、などという面倒臭いことはいやだった。情報を集めなくても十分信頼の置ける女《ひと》だった。信頼が置け、警戒しなくても良い人なら、それで良かった。とにかく心置きなく話ができる人でさえあれば、大歓迎だったのである。それに紀代子なら、直樹のことも大事にしてくれそうな気がした。直樹も紀代子を次第に愛し始めていた。

こうして、人生は終わったと思っていた直樹は、再度人生を生きることになった。芸術家としての自意識も、ほぼ確立していた。

時あたかも平成31年1月12日、直樹が若い頃、情熱を燃やしてその著作を読みふけった哲学者梅原猛が死去した。享年93であった。彼の「人類哲学」を直樹は、世界平和連邦の実現と勝手に解釈していた。

世界平和連邦の一員として考えるならば、日本は憲法を改正しなければならなかった。第9条1か条だけでは貧弱であった。さまざまな言い足りぬ部分を残していた。その不足部分を補足すれば、1月1日号の「改憲試案」のようになるのであった。

日本国憲法を直樹は、「世界平和連邦日本憲章」と考えていたのである。もちろん、政治の在り方や経済制度の在り方は、個々的には考えるところがあったが、最低限維持されるべき大枠は、「平和」ということだった。そのためには、世界中の国々、世界中の諸民族が、先に掲げたような3か条（別にこの通りでなくてもよい）の条文を承認し、世界平和連邦の各成員が、それを自国や自民族の最高法規に採用してくれることが必要だった。

どこもかしこも自衛権を乱用することがなければ、世界平和など簡単に実現できるのだ。たとえば、国連総会で戦争放棄宣言をし、戦争手段に関する制限条約を国連加盟国大多数の賛成の下に通過させ具体的な締約手続（160か国なら160か国の間での締約手続）に入るなど、さまざまの方法がありうるであろう。世界平和を実現する特別な経済制度などどこにもありはしない（と思う）。この経済制度の下でなら必ず世界平和は実現する、世界戦争は絶対に起こらないと言えるような経済制度・経済体制を誰か思いつくことができるだろうか？　恐らく誰も考えつかないだろう。

そんなことより、各国各民族が自主的な討議を重ね、最終的に平和条項を可決するよりほかに、方法はない。面倒臭くても、その手続を踏むよりほかに方法は考えられない。

直樹は、改めてそう確信した。

その道のりは遠いのだろうか？

人類協和は、はるかかなたの事柄であるように思えるのだった。

しかし、ヒト科の動物を人間にまで高めるのは、人権意識の品格の力によるのだという強い信念を直樹は持っていた。この信念は、憲法学を学び始めた時から揺るぎがなかった。好んで戦争を行う者の人権意識の感度は、非常に低いものであるに相違《ちがい》ない。極端に言えば、ヒト科の動物以上ではあるまい。だが残念なことに、人間は戦争をしなければならない時もあるのだ。人間の深い、深い業《ごう》であるのだろう。悲しい定めに違いなかった。

「日本は、現在自由社会だ。これが、いつか創造社会にならなければならない」

ワインを飲みながら、直樹は亡くなった妻とよく語り合ったものだった。その妻は、もういない。

だが、妻に代わって、直樹を大事にしてくれそうな女性が名乗りをあげてくれた。1年経った今、ようやく、直樹の心に愛の炎が立ちのぼった。愛し愛されることが可能となったのである。今なら、紀代子に愛で応えることができる。万が一、たとえはかない夢に終わったとしても、冥土への美しい土産話にすることができよう。

直樹は、さまざまな起伏に富んだ、若き学生時代からの第1の人生を終え、第2の人生を紀代子とともに作家として生きていくことを、ついに決心したのである。

琵琶湖の穏やかな波は、直樹の心に一層の静まりを与えつつあった。

「おおきに、紀代子」

ガラス戸越しに波を見つめながら、直樹は一人小さくつぶやいた。
老いらくの恋への前奏曲は、こうして紡《つむ》がれたのである。

人権法廷

Ａ：大学教授Ａ
Ｂ：大学教授Ｂ

人権派と党権派が法廷に立つ。裁判では党権派が、歴史では人権派が原告になる。
司法弁証法の意味とは何か？

Ａ　人間の尊厳に自他の別なし。
Ｂ　どうしたんだい、急に。いやに、しかつめらしくなって。
Ａ　いや、人間の理想、理想的な社会、それはどういうものだろうとこの前は考えていたんだがね。現実の社会などもう飽き飽きした。泥沼の上を千の風が吹くように、心の赴くままに愛情本位の生き方をしてみたいよ。

Ｂ　どうか、ニーチェ教授の願いが叶いますように。
Ａ　良い生き方をしようと思えば、社会がどうであるかにかかわらず、自分自分で心掛ければ済むことのように思えてきたんだ。しょせん社会が良くなっても、そこに住んでいる者が善い人間とは限らないからね。雪女のように冷たい人間は、どんな社会にあっても雪女なのさ。
Ｂ　でも、そんな雪女でも危害を受けそうになったら救ってあげなければなるまい。その法システムだけは完備しておく必要がある。そうだろう、ニーチェ教授。
Ａ　ヘーゲル教授は、いつも理詰めだね。ところで、最近よく言われる共生社会だがね。その基礎が固まれば、世界の共生性、ひいては平和主義の土台がしっかりした、ゆるぎないものになる感じがするんだ。その共生社会を築くための条件は、まず個々の人間が、感情的に共感存在であること、意志的に共欲存在であること、知力的に共識存在であること、この3つだと思う。これら3つが三拍子そろわなければ、なかなか実現は難しいのじゃないかな。ＡＩコンピュータの三条件（知情意）みたいだけどね。
Ｂ　共感存在というのはよく分かるね。想像力を使って人の気持ちを推し測ることだね。共欲存在というのは、欲望を共にすること、だから行動が一緒になる。まあ、その分かりやすい例が、「夫婦」だね。「階級」というのも、この例に入るかもしれない。マルクスの言う労働者階級、あるいは会社員という身分の者は皆、給料が少しでも上がってほしいと願っている。この点は皆同じだ。

Ｂ　その会社の労働者階級は、結局労働組合に集まることになる。

Ａ　その点も今度の働き方改革で、だいぶ変わってきたのではないかな。従来は、階級という全体的観点からのみ労働というものを見る結束労働観だったが、労働者個人個人の創意工夫を大切にする自由労働観に移行しつつあるように思える。もちろん、労働者全員に関わる問題が起こった時には、再び結束労働観が強まるだろうがね。

Ｂ　君の言う自由労働観が、これからの労働法の基本となるんだろう。それとももう一つ、共識存在というのは、知識を共有することでいいのかい。

Ａ　そう。この知・情・意がすべて共通する個人同士が、持って生まれた個性というか特性を出し合って生きていければ、そして夫と妻が、親と子が互いに同格者として対話を重ねられるなら、そこに展開される社会は、すばらしい社会だと言えないだろうか。時計が止まる愛の世界が出現するのだ。

Ｂ　まさに、本質の歌のみが響いている社会だ。もちろん、その社会の成員同士、いさかうこともない。平和主義だけが支配している。「殺し合い主義」を掲げる者は一人もいない（うっとりとする）。

Ａ　この宇宙感覚は、アーラヤ識がマナ識を破って現れ出た感覚だろうか。ベートーヴェンの交響曲第９番の合唱が今始まるようだ。

B　この宇宙律を西洋哲学は何と言うのだろう。カントの「統覚」が一番近いような気がする。だが、統覚という言葉に、銀河の雪崩《なだ》れ落ちるような感覚があるだろうか？　西洋と東洋とで使う言葉が違っても、その指《さ》しているものは同じではないのか？

A　この仏心そのものこそ、平和を好む心であり、人を慈《いつく》しむ心なのだ。

B　そして、人権法廷の思想は、その平和を好む心、人を慈しむ心から生まれ出るのだ。決して復讐《ふくしゅう》の心から生まれ出るものではない。

（「聖母たちのララバイ」の曲が、B教授の耳の中で小さく遠く鳴っている。その曲は、A教授には何も聞こえない）

A　その人権法廷の最大のものが、30年前の東ヨーロッパ革命だったのだ。あの革命は、マルクス主義者の恩着せがましい態度に対して、民衆の間にわだかまっていた反感が一気に爆発したものだった。

B　そうだったね。自由と人権を求める革命だった。そういう意味では、人道主義革命だったと言っていい。

A　普通なかなか起こらないはずの革命が、10個ぐらい連続して次々と起こったのだ。まさに東欧世界の連続革命だった。共産党を反革命とする、すべて同じ傾向の革命だ。ハンガリー革命、ポーランド革命、アルバニア革命、チェコスロバキア革命、ルーマニア革命……。少し遅れてソビエト連邦の崩壊……。

B　共産党の統治様式の正体を見た思いがした。

A　いかに共産主義が非人道的か、人々の心の中に不満を募らせていくか、人類の目の前で証明したのだからな。あんな歴史的な大事件が経験できるなんて、めったにないことだ。後世、いつまでも語り継がれることになるはずだ。

B　結局、民衆をして語らしめよ、だな。ハッタリでなくて。

A　人間にしろ集団にしろ、権力を独占すると、業《ごう》、つまりカルマの法則が働き始める。どんな悪いことをしても、何も感じなくなる。もっと重症になると、人に悪いことをするのが面白くなってくるのだ。マルクスには、このカルマの法則は分からなかったようだ。人間は物体ではなく、精神体であるのだから、自由や人権が当然必要になってくるはずだ。人間存在とは、測り知れないほど深いものなのさ。

B　実存主義とは、本来そういうものだろうな。

A　人道主義は人類愛を基礎にしていて、この人類愛は人権愛をその中に含んでいる。つまり、人を人として愛する、ということは、人を人として尊重する、その人の人権をまるごと容認する、ということをそっくり含んでいるのさ。逆に、私個人の人権というものは私《わたくし》の人権としてまるごと容認してもらわなくちゃいけないがね。そうした結果立ち現れるのが、自由というものなんだ。もちろん、人を人として愛する、ということは、人を動物として愛することとは全く意味が違うがね。

B　そう言えば、憲法97条に、人道主義革命もしくは人道主義大改革があった歴然たる証拠が残っている。

A　ああ、基本的人権を最高規範とするあれか。まさに、人権は、獲得した自由の、具体的な形なのだ。

B　その自由を保障するための実際の制度が、憲法81条の人権審査制なんだな。

A　そういうわけだ。人道主義は、歴史の最高理念だから。自分を不自由にしている邪魔物を脇へ退《の》けるのは、当たり前の行為さ。その時に、自由を口実だと決めつけて民衆に向かってくるほうがよっぽどおかしいんだよ。そういうのは、人が自由になるのを好まない連中さ。人を檻《おり》の中に閉じ込めておく、みたいなことだからね。一体、主権者を檻の中に閉じ込めるなんて正気の沙汰か？　それも政治的意見が違うというだけで。

B　すると、司法の究極目的はやはり人権を実現することにあるんだな。最高裁判所は、まさに文字通りの人権法廷と言うべきなのだ。憲法を国権法と人権法に分け、国権法を国務行為という概念、人権法を国務誘導行為という概念でまとめられれば、ここから、さらにこの2つの新概念の共通項である「国務」、そうだな「国務大臣」の「国務」という術語でまとめられれば、この2つの新概念を一本化できるか、と思っていたが、そういった国務本位の発想は避けたほうが良さそうだな。国務行為を主、国務誘導行為を従とする考え方は、国務本位の発想ということになるから。

A　折角だが、そのようだね。
B　それなら国権法ではなく、人権法に発想源を切り換えなければなるまい。
A　いや。ちょっと待ってくれ。国務行為というのは、具体的には立法行為や行政行為、あるいは天皇の国事行為（明治憲法では統治行為）とか、地方自治体の内務行為なんかを指すのだね。
B　そうだ。
A　そして、国民の国務誘導行為というのは？
B　それは、司法の判決や行政の決定、立法の議決などを誘い出すことさ。
A　国民の総選挙は、一体どういう国務誘導行為なのだ？
B　それはブーメラン効果をねらって、衆・参の立法議員を選出する行為さ。
A　ああ、ブーメラン効果が国家と国民をつなぐ連接管なのだな。
B　そうだ。国民も何ら見返りの当てもなく、のこのこ投票所に行くような、そんなバカばかり揃《そろ》っているわけではない。
A　それなら、国が国民に何かをしてやる、というのではなく、国民が国という道具に何かをさせる、という発想で考えればよいのではないか？　言葉は汚《きたな》いが、選挙は一種の脅しと考えれば済むことだ。
B　それもそうだな。人権法に軸足を置くと、とかく概念がゆるくなる。憲法はどっちみち国家に関する法だからな。

A　主権者たる国民の意思は絶対に無視できない。国民の一般意思を問う選挙も国務行為なのか？

B　本来、国務行為なのだが、この主権者の国務行為だけは特別に主権命令と位置づけることにしている。主権者は絶対だから。

A　それを聞いて安心した。

B　国民も、回帰的利益を受けることが、結局自分の人権を強化することにつながる、と思って投票という国務行為を行うのだから。

A　すると人権が目的で、国権はその実現を図るための手段ということになるね。手段だということであれば、人権のほうが優位する、ということだ。手段は取り替えが利《き》くからね。つまり、人権第一、国権第二という考え方になるんだろう。これが手段崇拝を回避する道でもあるのだね。

B　そういうことだ。国権のほうが人権に優位する、なんてことはない。主権者が誰であるかを考えれば、どんな阿呆《あほう》でも分かる。国権第一、人類第二なんてことは絶対にない。それに、第二に来るものを重視するのは、条件闘争を重視するというだけのことでしかないんだから。

A　じゃ、国務誘導行為は、人権を強化するために国権をわざと発動させる行為なのか？

B　わざと発動させるんじゃない。後で見れば、結果的に国務行為を行うキッカケになっていたなぁと見られるような、そういう法思想だ。たとえば、憲法32条は、「何人も、裁判所において裁判を受ける権利を奪はれない。」となっているが、まさにこの規定があるがために、自分の反論もまともに聞いてもらえるし、マルクス主義者の言うような、あるいは北朝鮮がやっているような、人民裁判や公開処刑というものも実施できない、ということになるのだ。つまり、そういったシロモノは、裁判所でちゃんとした法律（この場合は刑事訴訟法）に則《のっと》って成されたものではない。粗雑な出来の司法判決に基づいたいい加減なものでしかない、そんなものは。

A　つまり憲法32条という人権法は、適切な司法作用（＝国務行為）を引き出すキッカケになっていたという意味で検察庁の公訴提起を正しく導いた、ということになるのだな。

B　うむ。僕の言わんとすることをよく把握してくれている。別に司法だけではない。行政や立法に対しても、人権法は規制原理（マイナス）、誘導原理（プラス）として機能している。その指導形象だ。

A　うむ。ほかに例はないか？

B　「思想の自由」も同じことだ。まず、思想の自由が奪われたと言う者がいる。それに対して、司法判決という国務行為が成される。別に原告が勝訴しようが敗訴しようが、物事の本質に変わりはない。司法行為で終わる場合も多いが、場合によっては、立法行為や行政行為などの国務行為に発展することもある。それら一切の国務行為の出発点に立つのが、「思想の自由」を定めた憲法19条なのだ。そういう意味で人権法と総称される法規範は、国務行為を引き出す呼び水なのだ。国務誘導行為と称されるゆえんさ。どのような種類の思想であっても日本では保護される。限定詞は付いていない。

A　なるほど、国務誘導行為か。単に民法の物権、債権の引き移しじゃ面白くないしな。何か国権と人権を結びつける中心観念がなくちゃ学問にならない。

B　物権が物に対して持つ権利、債権が人に対して持つ権利というところから思い付いたんだ。人権は人が持つ権利、国権は国が持つ権利というのがそもそもの出発点だがね。

A　しかし、国務行為は気付いても、国務誘導行為はなかなか気付かないなぁ。この2つの概念が確立すれば、憲法全体を、国務という角度から構成することが可能になるかもしれない。すると、国民の投票という行動は、主権者としての国務行為であると同時に、参政権を行使するという、国民の国務誘導行為をも同時に、二重に行っている、ということになるわけだ。

B　そういうことだね。しかし、投票以外にそのような二役を演ずる例があるだろうか？

A　そこで、この投票行為を主権命令として別格視したのか。よく考えてあるね。結局、国務誘導行為は国務行為の露払いという役目を負っていることになる。

（独り言をつぶやく）

A　やはり、憲法は国務行為が中心だろう。権限・権利・義務の3語を使って国法関係（ここにも関係という言葉が出てくる）を描いた国家の自己規定なのだから。当然、国家の骨組みは、一本一本の国務行為という骨でできているさ。国家の同型写像が憲法というわけだからな。何だかガロア群論みたいだな。明治憲法下の国体は、明治憲法の全条文を読めば出てくる。明治国家の同型写像だから当たり前の話だ。満州国のようなガロア拡大は、国体論では禁句だろう。ソ連時代のブレジネフ・ドクトリンもこの類《たぐい》だ。

B　ところで、話がガラッと変わるがね。ニュートンの「万有引力の法則」ね。式で書けば、$F=\frac{Gmm'}{d^2}$ だ。ここで、mはある物体の質量、m'は別の物体の質量、dは二物体間の距離、Gは「重力定数」と呼ばれる宇宙定数で、物体が自由に落ちるとき、その物体に働く地球の引力も、この右辺の式にしかるべき代入をすれば、左辺のFとして出てくるのだ。この方程式は、もっぱら観察の結果らしいんだが、僕には $\frac{m}{d}\times\frac{m'}{d}$ にGを掛けたものに見えて仕方がない。Gは定数だから、これを2つの比例定数kとk'に分けて、つまり $G=kk'$ とすればね、この式は $F=\frac{kk'mm'}{d^2}$　つまり $F=k\cdot\frac{m}{d}\times k'\cdot\frac{m'}{d}$　となる。

A　ああ、そうするとFは2つの比例式の積になるね、1つは$k\cdot\frac{m}{d}$だし、もう1つは$k'\cdot\frac{m'}{d}$だ。前者をf、後者をf'とすれば、fはその物体の質量に比例し、2物体間の距離に反比例するし、f'は別の物体の質量に比例し、2物体間の距離に反比例する力ということになる。この2つの力を掛け合わせれば、その相乗効果として2物体間に働き合う力の存在を予言することができたのではないかと想像するんだね。

B　そうだ。よく分かってくれたね。初めは、僕の目の錯覚かと思ったよ。でも、こんなこと、物理学者にとっては至極当然のことなんだろうな。あるいは、僕の式の読み取りがおかしいんだろうか?

A　僕にも分からない。物理は詳しくないから。しかし、式の特徴によく気付いたね。それだけは分かる。

B　ああ、ありがとう。誰か物理学者に聞いてみるよ。数学者ではダメだろうな。

A　たぶんね。じゃ、またな。

B　うん。遅くまで付き合ってくれて済まなかったな。

A　いや、いつものことだ。気にするな。

B　ありがとう。奥様によろしく。

（別れたAは、帰りがてら独り言をつぶやく）

A　来年の4月は、統一地方選挙だ。地方議会も、知事・市長も入れ替わる。内務立法行為も内務行政行為も一新される。共産党はやはり伸びないだろう。国務誘導行為を悪用する度合いがきついからだ。下品な言葉で言えば、自作自演が目立つ党なのだ。国民は大概そのことを見抜いている。もっとも、行動がたとえ意図的なものであっても、成り行きの外形過程において正常であれば、人権法は成り立つ。問題は、それがどの程度のレベルの人にまで通用するか、説得力を持つかだ。

（なおも独り言をつぶやく）

A　それにしても、B教授はたくましくなったな。Bは天才ではないか？　まだ京大生だった時は、変わり者扱いされていたものだが。本人もそれを気にしてたものなのに、成長したものだ。（遠い昔を懐かしむように、視線を天空に向ける。しばらくして）

A　二つある無意識、下意識と超意識が直接結び付いた時、インスピレーション（霊感）が発生するんだ。その人の意識がそれを見ていたかどうかは問題だが、合一した無意識が普通の「意識」を先導する、まさにB教授の理論とパラレルじゃないか！（A教授は、こうつぶやきながら、さっきの2つの比例式の積の形を思い浮かべた。無意識が意識を規定し、リビドーによって無意識が意識を牽引する不思議な光景を横目に見ながら）下意識と超意識とが合一する瞬間、頭の中で雷《かみなり》の原理が脳全体にわたって作動する。超意識の＋《プラス》

電気と下意識の－《マイナス》電気が放電現象を起こすのだ。だから、インスピレーションと言えば、雷のイメージが強いというわけだ。超意識の＋電気は、カリウムイオンとかナトリウムイオンなどのプラスイオン、下意識の－電気は何かのマイナスイオンだろう。これらのイオンの濃度が、同時にどちらも高くなった時に、放電を伴う化学反応が起こる。それがインスピレーション、霊感の正体に相違《ちがい》ない。芥川龍之介は、それを彼の「意識」が見ていたのだ。それほど意識が、彼の場合は自意識が鍛《きた》えられていたということだろう。ただし、記述する言葉は、意識が普通に使う言葉を使っている。別に、宇宙語とかを使っているわけではない。天才は、生まれつき化学放電を起こしやすいようにできている。体質なのだ。業績は同じでも、天才と秀才とでは感触が全く異なる。放電が起こった時は大分《だいぶ》エネルギーを使うから、体調変化も起こしやすい。ドストエフスキーも体調変化の著しい作家だった。「天才と狂人は紙一重」と言うように、天才が精神に変調を来すことが多いのも、当たり前と言えば、当たり前だ。

（A教授は自宅へ向かう角《かど》を曲がった。口の中でぶつぶつ言うのを止《や》め、立ち止まって、赤く染まった夕焼けをまじまじと見つめた。学生の時の親友が今のB教授であって、本当に良かったと思った。そして、突如、「第3次世界大戦は、善悪の最終決戦になるだろう。人間は、それでも殺し合いを続けるに相違《ちがい》ない」A教授は、そう思うのだった。）

歴史の大車輪

Ａ：大学教授Ａ
Ｂ：大学教授Ｂ

Ａ　マルクスをどう思う？　好きな人と嫌いな人に真っ二つに分かれるようだが。
Ｂ　別に。彼は彼で、自分の哲学を樹立したのだから、それで良いんじゃない。
Ａ　彼が最後に手がけた『資本論』。あれは科学なのか？　本人は科学と信じ込んでいたようだが……。
Ｂ　いや、科学ではない。物理や医学のような科学であれば、実験や観察に基づいて外界との整合性が立証されていなければならない。あるのは、ただ論理的な整合性だけだ。多くの仮説が述べられているが、統計などの事実による裏付けが全くない。仮説のまま、それがあたかも真実であるかのような書き方をしてある。
Ａ　そこが、マルクスの無作法で礼儀知らずなところだ。そう思わないか。
Ｂ　確かに。だが、『資本論』の立論自体は、とても論理的でスマートだと言える。ただ、その発想は論証のスマートさとは異なり、偏見に満ちているようだ。
Ａ　彼は、その偏見が災いして、いささか無理な結論を導く結果になっている。それでもその主張を押し通そうとするから、厚かましさが目立つんだ。損な性分《しょうぶん》だな。
B　マルクスも「この世は搾取社会だ」という基本テーゼから入っていくのではなく、「関係こそが世界である」という命題から入っていけば、彼の言う「生産関係」も、それこそ「世界」だったのではないか。そうだとすれば、生産関係が変わる、ということは「世界が変わる」ということと同義だということになる。
A　確かにその通りだ。とすれば、奴隷制、農奴制、資本主義と進んで来たこの生産関係の歩みは別に誤ってはいなかった、ということになる。と言うか、その分析自体に変な所はない。歴史の大車輪は、その通りの進み方をしてきたからね。3通りの形を取って。何と言っても、先立つものはカネということは、一貫して変わりがないさ。永遠の真実というものだろう。
B　それともう一つ、さっき『資本論』は科学ではないと僕が言ったね。科学でないなら一体何なのだ、ということになるが、ズバリ哲学なのだ。実証性がない、ということがその明白な証拠だ。しかも、『資本論』が哲学でないなら、マルクス主義があれだけ唯物論、唯物論と言われていながら、その唯物論哲学の主著がないという、おかしなことになる。つまり、『資本論』こそが、唯物論哲学の主著だったというわけだ。手品みたいな話だがね。『資本論』は、論理的整合性だけが命なのだ。論理に破綻を来せば、ただちにゴミ箱行きとなるべき書物さ。僕は、彼の提示した論点のほとんどすべてに賛成できないがね。

A　ところで話は変わるが、彼は物をチョロまかす癖があったのではないか？
B　それは聞いたことがない。どうしてそんなことを聞くんだ。
A　いや、彼の『資本論』を読んでいてふと思ったのだが、これは会社からいかにして多くの物をチョロまかすか、それがいかに正当なことかを書いているのではないかと感じた一瞬があったのだ。
B　つまり「横領のすすめ」というわけだな。
A　そうだ。しかも、金銭崇拝については何も書かず、逆に物については「商品の物神的性格とその秘密」という章まで立てている。
B　資本主義も発達して、モノだけではなしにコトにも値段が付くようになってくると、一体どのようにして横領を実行するのだろう。まさか人さらいもできないし……。
A　人さらいまでやるなら、それは山賊だ。
B　マルクスという男は、それに働いたことがない男だ。労働経験がない……。
A　エンゲルスに生活資金を仰いでいた男だったな。つまり、マルクスは自分の生活費を稼ぐ甲斐性《かいしょう》がなかった。とは言え、民間学者であったことには間違いがない。ただ、世間に頭を下げるのは特にイヤだったようだ。自尊心が邪魔した、というわけさ。かえって逆に、世間に頭を下げさせたい、それには自分が権力を独り占めさえすればよいわけだ。
B　なるほど、そこで独特の独裁主義を考案した、というわけか。その独裁主義を現実のものとするには、権力闘争に勝たなければならない。権力争いには多くの子分や家来が必要だ。
A　そこで目を付けたのが、多くの貧しい人々なのだ。
B　そう。貧富の違いを利用して、貧しい者を救う人のように見せかければ、かなりの人数を動員できると踏んだのだな。そこで編み出した概念が階級闘争というわけか。
A　ところが、その時着想したプロレタリア独裁の概念がのちに命取りになるのだな。
B　そう。プロレタリア独裁なるものは、しょせん全員独裁でしかなく、全員が権力者であると同時に、その権力を通して支配される者が0《ゼロ》人であることを意味するのさ。現実の政治制度としては、支配される者がまったくいないから、権力の成り立つ余地がない。だから、具体的なものとしては、ナンセンスなのだ。
A　この観念上のものにせよ、プロレタリア独裁を確立するためには、ともかく社会主義革命を乗り越えなければならない。それを実践するには、できるだけ多くの手駒、つまり貧しい人たちをけしかけて、その貧しい者がいきり立つのに乗じて権力を奪い取り、要するに独裁制を確立する。あとは、絶対に権力を手放さずに弾圧に弾圧を重ねる、というわけだ。
B　階級闘争なるものも、少し手の込んだ権力闘争なのさ。本質的には権力闘争そのものと言うべきだ。階級闘争が別口で存在しているわけではない。プロレタリア独裁というものも、ペテンみたいなものだ。革命、革命と言ったって、民主制から独裁制に切り換えるトリックなのさ。
A　マルクスにしてみたら、一旦手に入れた権力は死んでも手放すものか、というところだったのだろう。ペコペコ頭を下げて働くなんて、そんな格好悪いことができるか！　ということだったのではないか。
B　たぶん、そういうことだろう。
A　マルクスの舞台裏など丸見えだな。
B　たったあれだけのことを発見するのに一生かかるんだからな。おまけに、徹底した独裁主義者だ。京大生に多い、劣等感と自尊心のないまぜになった複雑な心理的下地が、マルクスにもあったんだろう。
A　劣等感？
B　京大ともなると、まわりがすべて優秀だから、まわりに対する劣等感もあるし、他方当然のことだが、自分に対する自尊心もある。
A　そのマイナス感情とプラス感情のせめぎ合いが、いろいろ複雑な問題を起こすことになるのだな。
B　彼らは何か行動を起こすときには、何ものかに異常なこだわりを見せる。このこだわりが、意地を張る、という所まで行けばスキゾ判断となって、ストーカー的なこだわりから犯罪を構成することもあるだろう。

A　独裁制は、必ず権力の積み算になる。決して正常な政治制度ではない。我々の政治制度も、民主制をできるだけ研ぎ澄ましていくしかないようだ。

B　生産関係については先ほど述べたが、生産力についても僕とマルクスとでは意見が違うんだ。

A　ほう。どう違うんだ。

B　不変資本（C）か可変資本（V）か、あるいはその両方が強化されたとき、新たに生産される商品の原価構成は確かに足し算で行けるだろう。しかし、生産力は単に c+v ではなく、c×v でなければ理屈が合わない。なぜなら、数式的には c=0 としたとき、労働者たちがただ職場にポツンといるだけであるから、生産力は0である。不変資本と可変資本は、強化される前も強化された後も有機的につながっているからだ。労働現場というものは、そういうものだ。

A　ふん。そうだろうな。

B　ところが、c=0 のとき生産力が0であるためには、生産力は c+v ではなく c×v でなければならない。生産能力と生産条件がマッチすれば生産力となるが、不変資本の生産能力が0であれば、可変資本の生産能力がいくらであっても、生産力も必然的に0だ。

A　そらそうだな。

Ｂ　生産過程は、不変資本と可変資本の相乗作用で動いていくからな。
Ａ　見やすい道理だな。
Ｂ　相乗作用とは、文字通り、掛け合わせるということであり、何も単に、新しく追加して買った機械の取得原価を足し合わせて、その原価分だけ商品の価値が増したにすぎない、といった幼稚なものではない。マルクスは、本当に会社というものを知らない。歴然としている。
Ａ　まあ、目をつぶってやれ。彼は工場で働いたことのない人間だ。その癖、横柄だがな。
Ｂ　その横柄なところが、弟子の見せる恩着せがましさに通ずるんだな。
Ａ　そうだ。お前らのために政治を取りしきってやってるんだ、と言わんばかりだ。
Ｂ　未来社会の予測にしても頼りない。資本主義に反対だというのは分かるが、それなら、未来に来るべき社会主義ではどのような法則が作動し、その法則がどうなれば、その次の共産主義に移行するのか、何も説明がない。『資本論』が科学ではないと僕が最初に言ったのには、その意味もあったのだ。
Ａ　それが予言できなければ、社会主義か例《たと》えば他の集合主義と称すべきものか、その判別が付かない。本当に社会主義なのか否《いな》かの判断基準が示されていないからだ。こんないい加減な理論が法則論だと言うのだから、聞いてあきれるよ。ニュートンの運動法則だって、こんなチャチなものではない。ちゃんと、こう条件を変えればこうなりますよと予告して、実際にそうなるのだ。法則というものは、そういうものだ。物理学の今は、ニュートンからさらに進歩して、アインシュタインを検証する時代だがね。

B　マルクスは19世紀の人間だから、高々19世紀のレベルの経済理論でしかない。21世紀の経済科学だとはとても恥ずかしくて言えない。

A　革命が成功したあと、どういう政策を打てばよいのかも不明だ。革命が成功したら、その先は断崖絶壁なのか？

B　断崖と言うほどのものではないだろうが、危なっかしくて賭けみたいなものだ。それと、確か始めのほうに言ったと思うが、「関係こそが世界である」という命題ね。法律関係とか男女関係、親子関係などいくつもある。数学の関係式もそうだ。今は、この命題について考えている。

A　何だか、ヘーゲル教授と話をしているようだ。

B　それについては今度話そう。ところで、「哲学者は世界をさまざまに解釈してきた。大事なのは世界を解釈することではなく、世界を変革することである」というマルクスの言葉ね。あの言葉をどう考える？

A　世界を変革するのは哲学者しかいない、ということだから、哲人政治の現代版だろう、プラトンの。

B　君もそう思うか。哲人政治だとすると、未来の理想社会が見えていなければならない。

ビジョンとして像を結んでいなければ、ただ人を振り回すだけだ。そんなことにでもなれば、迷惑千万だ。
A　マルクス主義者の独善ぶりは鼻につくね。
B　本当にそうだ。あの独善性が人をマルクス主義から離れさせていくのだ。
A　僕は、今のところ将来の社会については、同格社会というものを考えている。共生社会ということがよく言われるが、共生を当然の前提として、皆が平等に知恵を出し合って少しもいじめられることのない社会さ。まぁ、言ってみれば民主主義を徹底した社会だな。
B　平等社会とどう違うんだ？
A　同格社会というのは、いろいろな立場の者が、互いの立場を理解しながら同じ高さで物事を決めていく社会、ということさ。現実の格の違いは残しながら、少なくとも意識の上では、格差意識を消し去った社会だがね。パワハラやセクハラも、この社会ではなくなっているはずだ。
B　権力への意志の最終段階だからな、ニーチェ教授。
A　平等社会というのは、単に、いろいろな関係において法的に差別待遇を受けない、というだけのことさ。もちろん、生産関係なんて別にどうでも良い。いつの時代にも職場規律があるのは、当たり前のことだから。
B　国際法で言う国家平等思想から行けば、日本と韓国は同格のはずだな。結局、同格社会と言おうと、平等社会と言おうと、相手との付き合いの中に格差意識を持ち込まない、というだけのことだろう。
A　日本人も、いい加減、朝鮮ストーカーをやめるべきだ、と思うよ。見苦しい。
B　民族共存主義の立場から行けば、一種の道徳律ということになるんだろうな。
A　対立社会から一体社会へ進歩してきたという図式は、マルクスの階級闘争から共産主義へという歴史観を包摂するものさ。この共産主義においてこそ、地上の楽園が実現するということなんだろう。
B　ものの考え方は時代によって変わるが、ものの感じ方はそれほど変わりはしない。古代ギリシアの芸術が現代の我々に感動を与えるのも、そのためだ。ベートーヴェンの交響曲第9番は、将来どんな世の中になっても生き続けるだろう。資本主義のままであっても、社会主義になったとしてもだ。
A　モーツァルトもショパンもそうだ。じゃまたいつか会おう。バイ！

▼第三章　詩篇

若き刑事

若き刑事よ
俺が君に出会ったのは
京都市左京区の一角だった
夜、暗闇から
いきなり警察手帳が
ぬっと突き出されたのだ
事務所からの帰り道だった俺は
度肝を抜かれた

聞けば当地で
殺人事件が起こった
のだそうだ
刑事の立ち位置のやや後ろの地面に
一本のろうそくが

ゆらめいていた
（南無阿弥陀仏）
俺は思わずそう
心の中でつぶやいた

被害者が事切れた
その道は
俺がいつも行き来する
普通の道だった
商店街を少し入った
人が絶えない
普通の道だった

刑事は
事件について少し
しゃべってくれた
金の貸し借りが

原因だったそうだ
今、犯人の行方を
追っていると言う

夜目にも
眼の澄み切った
志の高い
青年刑事だった
いかにも柔道の
できそうな若者だった

俺は解放された
嫌疑なしとされたようだ
帰り道をたどりながら
（日本にはあのような青年たちがまだまだいっぱいいるのだ）
そう思った

私の心の中にいつの間にか
温かい信頼感がみなぎっていた
まわりの住宅の一家団らんの灯《あかり》が
感動の涙で
にじんで見えた

ルソー像

スイスを旅した時
ジュネーブから入った
ジュネーブは　レマン湖畔の町だった
レマン湖と琵琶湖では
どちらが大きいのだろう
ガイドは
琵琶湖のほうが大きい　と言った
ガイドは日本人だった

貸切りのクルマで
チューリッヒへ向けて
スイスを横断するのだが
途中、レマン湖の裾を
西から東へ通り抜けるのだった

ガイドは言った
レマン湖畔には
ルソーの像も立っている

ルソー、懐かしい名前だ
大学時代に親しんだ名前だ
あの男前の肖像とともに
『社会契約論』の名が浮かんだ
社会契約！　なら契約を解除すれば！
20年も前のことが

次から次へと脳裏に浮かんだ
マルクスの自動崩壊論とは
全く違った世界だった

フランス革命に影響を与えた思想は
人間の力と誠実さを信頼していた
人間をせせら笑ってはいなかった
脅し付けもしなかった

ルソーのようになりたい
琵琶湖畔に胸像を立ててもらえるような
そんな人間になりたい
私は若い時、そんなことを考えていた

有明の白い月

有明の　白い月が
浮かんでいる
比叡山の上空に
淡く　影のように
遠慮深そうに

須磨に流された
光源氏も
白い月に　都を
遠く　偲《しの》んでいたであろうか
（打ち寄せる　波の音
波が浜べを　洗う音）

人生の栄華は

はかなく消え去り
今はただ
白い月影のみが
まわりを　照らしている

弱々しい　白い光線が
比叡の山空を　梳《す》いている

優しく　柔らかく

京大

京大医学部の
本庶佑《ほんじょたすく》さんが　ノーベル賞を受けた
6年前には　同じく京大の
山中伸弥《しんや》さんが　ノーベル賞を受けた

京大医学部の輝かしい勝利だ
2人のノーベル賞学者が
京大構内で対談する
こんな機会に恵まれた学生が
ほかにいるだろうか
ああ　京大も遂にここまで来たか
アメリカの一流大学に
匹敵する大学に到達したのだ
これが俺の母校なのだ

俺が京大文学部に入った時は
そんなにレベルの高い大学には思えなかった
だが、ひょっとすると
俺のレベルよりはるかに高いのではないかと
疑いが走った時もあった
そんな時は　京大生に

深い底力を感じ　ひそかに畏《おそ》れたものだ

3回生になる時に
文学部から法学部へ移り
主に平和をテーマに
研究を続けた
試験の点数は　それほど良くはなかったが
自分なりに満足ができた
それだけで俺は良かった
俺は京大に入った目的を達したのだ

京大は　俺を育ててくれた
人生の海へ送り出してくれた
俺の心の中に道標として屹立《きつりつ》しているもの
それは　京大時計台にほかならない

わらべ地蔵

京都の
大原三千院に
それはあった
苔に隠れた小さな、小さなわらべ地蔵だ
一体、二体、…十体……
太陽光線は　届いていない
苔があたり一面を　びっしり覆《おお》っていた

水分を含んだ苔は
空気を湿らせていた
少し重そうな空気が　淀んでいた
苔、苔、苔
苔は　わらべ地蔵の中で　息づいていた
蛙の声が　どこかで聞こえた

わらべ地蔵は
子どもたちの
親であり　友であり　仏であるのだ
子どもたちみんなを　見守っていてくださる
お守りなのだ

たとえ　いじめに遭っても
わらべ地蔵をけなしてはいけない
わらべの　子どもたちの　味方なのだから

子どもが1人　また1人と
いのちを失っていく
何という悲しいことだ

地球は
子どもたちの　修羅場《しゅらば》なのか

あの汚《けが》れのない　あどけない笑顔は
まぼろしだったのか

地球から
子どもたちの　笑いが消えてゆく
無邪気な笑いは　地球の宝だったのに

学問や芸術は　本当に人間を救うのか
ルソーの投げ掛けた問いが
今　初めて分かる
ルソーの時代から
人間の魂は　どれほど進歩したのか

人間の行く手に広がるのは
絶望の大海原《うなばら》なのだろうか
希望の灯は見えないのだろうか

わらべ地蔵は　依然として
苔のビロードの中で
黙々として　ほほえんでいる
遠くで後白河法皇の　声がしている
（遊びをせんとや　生まれけん
戯れせんとや　生まれけん
遊ぶ子供の　声聞けば
我が身さへこそ　ゆるがるれ）

貴船

貴船の川が
さらさらと
梅雨の合間を
抜けていく

桟敷《さじき》料理の
川床を
左右源太の
横に見て
涼しい音を
立てていく

ゲコゲコゲコと
騒がしく
岸辺の上で
鳴いている
河鹿蛙《かじかがえる》も
うれしそう
雨の止み間《やま》が
うれしそう
男女《おとこおみな》が

酒に酔い
手拍子を打つ
この宴《うたげ》
不思議と川に
落ちもせず

淀みに浮かぶ
うたかたの
浮世をあとに
貴船川
流れ流れて
京へ行く

2の思想

男の性《さが》、女の性

もつれ合う2つの蛍
対性《ついせい》原理は神の知恵
引き合う力は愛のゆえ
憎しみ抱くは何のゆえ？

欲にまみれた独り占め
原爆戦争怖《こわ》かろう
地球爆裂起こりそう
動物、植物迷惑そう
プランクトンも苦笑い

人間なんてそんなもの
理屈ばかりの頭には
情もナサケもありはせぬ
意志と理屈でこね上げた
潤いのない砂漠には

暑い日照りがよく似合う

人間なんて死んでゆけ
地球もろとも死んでゆけ
跡形もなく死んでゆけ

ノアの箱舟、対《つい》の指示

数学の精神

数理編成の内《なか》に
リズムが聞こえる
フルートの銀音のリズムが

はるかかなたの下方には
受験時代の数学の

エレガントな解法の山々が
日光を受けて
並んでいる

数学の組立ては
厳密な
スパナの論理によって
成り立っている

スパナが一本欠ければ
数学のすべてが崩壊する
そんな絶妙なバランスに
気づく世間の　人はいるのか
級数の美　微分の美
微分方程式の美は
論理の世界に
燦然《さんぜん》と輝いている

複素関数の
確定特異点の
闇の世界が
今　数式の手で
明かされようとしている

数学は　全宇宙の秘密を開く
鍵の束《たば》を
その体系を内《なか》に　含み持つ
宇宙は有限か
宇宙は無限か

数理編成は　いつまでも続く
星座のように
数学の自由の精神が
完全に　花開くまで

自由の黄金律が
花の雨となって　地に降りそそぐまで

摩周湖

摩周湖は　霧に包まれていた
霧の中の森は　しーんと眠っていた
静かな静かな森

アイヌの若い娘が一人
湖畔にたたずみ
じっと摩周湖の湖面を
見つめている　深い深い眼差しで
娘の目には　何が映っているのだろうか

恋人の　雄々しい闘志を
なぞっているのだろうか
もとより　女性の本能の　入る余地はない

アイヌの国つ神は
娘の戦士に　味方するだろうか
娘の愛は　ひたすら彼を追っていく
せき立てるように　包み込むように

摩周湖は　白い雲を湖面に浮かべて
アイヌの女性を　見守っている
やさしく強く　やさしく強く

令和元年五月七日

令和の御代《みよ》

帝《みかど》が代わり　今日で七日目
皐月《さつき》の春は　うららかな春だ

令和――和を命令す
陰《かげ》に隠れたレ点が元号を解き放つ
太子の憲法が　今の世によみがえった

「和をもって貴《とうと》しとなす」
聖徳太子の地声が響くかのように
私の耳朶《じだ》を打つ私の幻聴

「憲法は第一条でその性格が決まる」
よく言い習わされた格言だ
まさに和の国　日本の正体
日本はついに正体を明かした
日本平和主義

今上陛下の　命令は下った
一君万民の大御宝《おおみたから》は
時間の支配者たる新天皇の下
一斉に　動き始めた

新天皇の色彩を決め
新皇后の縁取《ふちど》りをする
天照大御神《あまてらすおおみかみ》の斎服殿《いみはたどの》

令和の御代は開かれた
平和の行軍は　今始まる
現代のファラオの時間が始まる

寂光浄土

極楽浄土には
涼しい風が吹いている
そよそよと　流れるように　小川のように

どこから吹いてくるか
どこからともなく　私の右横手から左横手へ
すべるように　すり抜けるように　吹き抜けてゆく
柔らかく弱く　キリストの息が　微動する

寂しさの光は　薄い青色
スカイブルーだ

空は薄雲を浮かべて
雲とは逆の方角に　動いてゆく

空と雲との逆縁
寂しいすれ違いは　悲しみさえも連れ去ってゆく
永遠の時の流れとともに
別れは足早に　過ぎ去っていった

象徴の花

天皇が
咲かすことのできる花は
象徴の花だ
日本でたった一つの　総意の花だ

皇族の一員である時にも
皇太子である時にも
天皇位を退いて上皇になった時にも
決して咲かすことのできない

唯一の　貴重な
ザゼンソウの花だ

ザゼンソウの花が
清らかな水の中で
つつましく咲き続けるように
象徴の花は
物言わぬ多くの民の
人生行路に
静かに
寄り添い続ける

女は相棒である

女は相棒である
いつも　そばにいる

私の影である
影は　常に私についてくる
私が消えると
影も消える

私と影は
いつも　相棒同士である

交情（龍之介の遺書）

僕は　人と
情を通い合わせるのが
ずっと下手《へた》だった
いつも　さむざむとした世界を
描き続けてきた

金の精　銀の精
多くの精を描いてきた

だが　たった一つ
僕が描いてこなかったものがある

いのちの精

こいつだけは　どうしても描くことが
できなかった

火花と取り換えても欲しかったもの
それは　いのちの生き生きした躍動
これだけは　どうしても手に入れたかった
しかし　願いも空しく　それは叶わなかった

僕は　人生に敗北した
これから僕は　少しも生きることができない
だから僕は　死ぬことにした

さようなら　ごきげんよう

――かくして　芥川龍之介は　自殺した

性思想

セックスの宇宙が広がっていた
私と妻は　別天地を　歩き続ける
意識浮遊感　自然融合観　内界一体感
周辺の雲は　春のやわらぎで
二人の裸を　押し包んでいた

同時昇天の原理　片方昇天の犯罪
マナ識は消失し　アーラヤ識は流動する
第九の神曲は　今一歩先

薄もやの　温度感覚に従い
強弱をつける
夫婦愛の物語

サラセン軍と四人妻制
身体《からだ》の構え方が上品なのは　マホメットか

男と女と神の　三位一体
男と女は　失神の後
どこへ行くのか？

卍の紋

墓場へ死に急ぐ人
タナトスに魅入られ
死の深淵を　またぎ越さねば　ならないとき
底光りする
死の深淵は　手招きをする
早く来い　早く来い　早く来いと

死出の山へ行く　死出の旅路は
三途《さんず》の川を越えていく

しゃれこうべの口が　がたがたと鳴る

地獄の紋所《もんどころ》は　卍
不幸の紋所は　卍

超人の時代

ニーチェの時代が来た
超人　　超人　　超人
あちらにも　こちらにも
男の超人　女の超人
人は　女を肉食女子と言う
いや　ここにいるのは
女の超人
凡庸な男を超えた　女の超人

ニーチェの「超人」は
今　性を獲得した
そして「超人」が
宇宙人となった
宇宙を生きる人　宇宙を操縦する人

地球をしか　生きられない人は
明らかな凡人

超人が　宇宙を生きる
光の速さとともに
宇宙を走る

凡人の時代は　とうに終わった
男女の超人が　具体的に
動き始めた令和元年長月《ながつき》
台風が　通り過ぎようとしている
神風が　吹き始めている
日本の上空

沖縄問題

日本本土は　大八洲《おおやしま》
日本別派は　沖縄島《とう》

二つの流れが　今夜　合流する

日本大革命

深く静かに　潜航する

民族主義・人道主義・平和主義の革命
時は今日　夜陰に乗じて　進行する
2・26事件の幻影
銃剣の列に　自動連銃が対峙する

琉球王朝の尚氏は
旧薩摩藩に属した
だから明治維新の時
必然的に薩長連合の一員であった
琉球王朝の位置は
坂本竜馬のいた　あの土佐藩と同じだと言えるだろう

沖縄の　尚氏は　土佐の
山内《やまのうち》氏と　同格なのだ

明日・明後日と
小笠原にも　沖縄にも　暴風が来る
恐らく自衛隊が出動するだろう
二つの方向に　その力は分散するだろう
互いに干渉することのない世界革命が
同時に各地で進行中だ

全力で襲いかかる革命軍
首相官邸の政府司令部は風前の灯《ともしび》である

文

天帝様へ
琵琶湖の湖面を
長恨歌が
静かに　低く　滑っていく
死を予感し　死を実見した
霊魂が
水面すれすれに　自らの墓場を　求めて
さまよう

モーゼ　キリスト　マホメット
これら外国神話の　三神は
世界に何を　もたらしたのか
救いとは　一体　何だったのか

モーゼの救い　エジプトからの脱出
キリストの報い　原罪からの解放
マホメットの　メッカ啓示　メディナ啓示

太陽系の　三神は
西の大三角
ローマ法王が　三つの霊を　つなぐのか？

神武　崇神　応神の
三天皇陵が　作る結界
日本王家が　光り輝く
東のファラオが　静かに眠る

神武　カムヤマトイワレビコ
崇神　ミマキイリビコイニエ
応神　ホムダワケ

三天皇の　創り成す
東の大三角に　十字星
またたく時も　あるでしょう

埴輪《はにわ》の知恵も　生かされず
三百十万の　人魂《ひとだま》が
人間霊歌を　くちずさむ

民族共存主義は　政治の精華
フランス民族　アラビア民族　韓民族
日本民族の主宰する
東京オリンピックもすぐ間近

民族同士のスポーツの祭典も
一年以内に開かれよう

世界は一つ　平和が一つ
釈迦の　蓮華の池に　楊貴妃が浮かぶ
平和を破る　テロは起こるか？
世界は　かたずをのんで　見守っている

敬具

国のボディ

人の　からだは　人体
国の　からだは　国体

左の平和主義　右の民族主義
真《ま》ん中《なか》の胴体は　人道主義

自由のＡ型　民主のＢ型
ＡＢ型やＯ型など
血液型でたとえれば
一党独裁は　Ｏ型国家か

顔は気品の一つの現れ
国事行為は　国の表情

身体全体が　骨格組織体であるように
国家全体は　品格組織体であるようだ

小人《こびと》の王国

子どもたちは　小さな小さな小人たち
彼らは彼らで　丸い丸い王国を　持っている

その王国では　子どもたちは　小人の王様
一人一人がみんな　小人の王様

小人の王国同士では　戦争など　少しも
必要ではない
昔は　戦争があった
多くの小人たちが　傷つき死んでいった
そこで反省した小人たちは
平和を開拓し始めた
小人の王国を　平和の王国にするために

夢の王子様

星の王子様が
僕の夢の中に出てきた
夢の王子様だ

王子様は二人いた
リーマンとガロアと言うそうだ
どちらも数学者らしい

小さな数学者
僕はうれしかった
ひょっとすると　僕の夢は
二重唱になっているのでは
ないだろうか

兄弟の夢は　二重唱になることが
多かった　写像だ
だから今度も二重唱になっていると思う
旧約聖書の創世記
創る者と創られた者

創る側の神類と
創られる側の人類

神人協和　それが僕の
理想だ

神武天皇

我々皇族の一番バッター
神武天皇とは
どういう人だったのだろうか

私、崇神は
ある所で
あなたのお姿を
お見かけしたような

気がします

その時、あなたは
私と共に
向かい合わせになって
箒《ほうき》を使っておられました
あなたと二人
二つの箒星《ほうきぼし》のように

以前、私は
あなたと
あなたによく似た人とを
同時に見かけたことが
ありました

一人は
イエス=キリストと

判別できましたが
もう一人は誰であるか
最初は見分けが
つきませんでした

箒をしばらく
使っているうちに
墨の匂《にお》いが
神武様
あなたのほうから
私のほうへ
突然
ぷーんと
匂《にお》ってきました

私は
一種の

幻《まぼろし》を
見たのでしょうか

そのことから
一つのことが判明するのです
その時のあなたは
日本人であることに
間違いがなかったということが

あなたが
孤独を囲うように
足を延ばして
座り込んでいらっしゃるところを
見かけたことも
ありました

「我が家《や》のルーツである

神武天皇って
案外寂しい人なんだなぁ」
私は正直そう思いました

二人の影法師は
そのうち
私、崇神の霊の世界から
消えてしまわれた
後《あと》には、ただ
先程には確かにおられた
イエス＝キリストと神武の帝《みかど》の
空気の跡が
確かな跡が
残っておりました

蟻地獄の多い娑婆《しゃば》の世界は
依然として動きを止《と》めることがなかった

神　尊《カミノミコト》の出番は確実にやってくるのだろう
密《ひそ》かな声が　空気の中で
小さく　小さく
つぶやくのだった

神尊は必ずや熊野灘の海岸で
星を見、月を見、そして日を見るだろう
日を見た時
私は、これこそ国の原点だと思った
日の原点は、民の活力

国は常に活気がなければならない
活気がなければ
国は衰運に向かう
そしてやがて国は死んでしまう

国を死なせてはいけない
王権を固めるのだ
再びあの
民同士《たみ》が殺し合う
戦乱の世を
繰り返してはいけない

土の人形《ひとがた》を
埴《はに》を使って作り
輪型《わがた》にして並べることを
民は覚えた
これが我々のできる
精いっぱいの努力だ
そう言っていたあの民たちが
雨の篠突く大台ヶ原の死闘は
涙を催すものだった

霧のかかった大台ヶ原
兄猾《えうかし》将軍との軍事衝突
大台ヶ原の戦は熾烈《しれつ》を極めた

あの戦闘で一体
何人《なんにん》の民たちが
死んだであろうか
いつも笑顔《えがお》で
元気に働いていた
あの民たちが

釈迦《しゃか》ヶ岳《がたけ》よ
永遠に眠れ
あの勇敢に戦った
多くの民たちの　冥福は必ず
天上にても　地下にても
天下《てんが》においても　実現するに違いない

神武の声が聞こえる
北極星から聞こえてくるのだ
「百二十五人の天皇たちが
遠い夜空で
キラキラ星になって
みんなを見守っているよー」
神武天皇は
日本の子どもたちに
語りかけてくる

日本の子どもたちの
命《いのち》をねらう
黒いたくらみが
日本全土に
血の嵐を
巻き起こしている

学校主義者や独裁主義者が
引き起こしているのだろうか
学校政策の不満かららしい
イスラム教徒のせいでは
ないようだ

「十番バッターに立った
崇神のおじちゃんも
おばちゃんと一緒に
天の上から
みんなの幸せを
祈っているよ
警戒の目を
光らせながら」

風林火山　――　『孫子』より

疾如風　　　疾きこと風の如く
徐如林　　　徐かなること林の如く
侵掠如火　　侵掠すること火の如く
不動如山　　動かざること山の如し

（著者訳詩）
動くときは風のように速く
隠密のうちに静かに行動せよ
攻撃をかける時は烈火のごとく
動かざる時は山のように静まっておれ

宗教を切る

光剣、手裏剣
手の内を明かさず

そしてみんな死んでしまった

その一　父

父は税理士だった
仕事の鬼だった
反骨精神の人だった
中小企業の味方を自任した
炎の人・理屈の人・計算の人
「ちょっと変わってる」

人はそう言った
「何を偉そうに」
反発する父
ある時
飼い犬の狆《ちん》が死んだ
長い間飼っていた犬だった
が、父にはなつかない犬だった
犬の死骸がそこにあった
死体はもちろん父に近付かなかった
父は真珠の涙をポロポロこぼした
父の涙は犬の背中を滂沱《ぼうだ》と濡らした

その二　母

母は鳥取の人だった
実家の家柄をいつも誇りにしていた
藩主は池田侯と言った

登城の時刻になると
城の太鼓があたりに鳴り渡った
参勤交代の衣裳
寛永通宝
母は得意になって話してくれた
そんな母が
ある時私にささやいた
「お前を背中におぶって
小学校に運動会を
見に行った時
お前は何と言うたか
赤《あか》勝て　白《ちお》勝て
お前はそう言うた
良い子やった」
世が世なら
伯父との養子縁組も
あり得たろう

その三　妹

妹ができた時
俺はうれしかった
思い切りかわいがってやろうと
心に誓った
その一年前に弟が生まれはしたが
生後すぐに死んでしまった
そのことが理解できず
俺は近所の人たちに
双子《ふたご》が生まれたと
言いふらしたそうだ
幼い誤解
死は理解のはるかかなたにあった
その妹も
私より先に悪性リンパ腫で死んだ

もっと長く生きていてほしかった
「また、風呂敷をかぶって
兄の家来になるのだぞ」

その四　甥

甥は自殺した
首を吊って死んだ
進路に悩んでのことらしい
一旦就職したが
会社を離れ
福祉分野に本格的に
進むつもりだったと聞いた
陽気な男だった
背の高い立派な若者だった
気が弱かったのだろう
妹は心配だったようだ

何に絶望したのか
尺八の音の中に消えていった

その五　義母

義母とは
妻と一緒によく
バレエを観《み》に行った
三人組を気取っていた
十年は続いたろうか
自分は小さい頃
バレエを習っていたと
告白までしてくれた
嫁ぎ先のことを
決して悪く言わない
人だった
二人の子は共に躾《しつけ》の行き届いた

真っ直ぐな性格をしていた

その六　妻

妻とのドライブ中
虹がかかった
「あの虹のたもとまで行ってみよう」
私の呼びかけに
妻はハンドルを切った
近づいても近づいても
虹は遠のいた
その上、虹は淡くなるのだった
ある所からある所への
夢の浮橋
夢は実現するためにあるのだろうか
夢はただ見るためにだけあるのだろうか
永遠に話し続けたかった

話しながら地球を離れられたら！
私は虹を追いながらそんなことを思っていた

一人一人個性の花を咲かせて
一生懸命生きた
なかなか生きにくかったが
一生懸命生きた

そしてみんな死んでしまった

人生の王者

若者よ
心して生きる
孤独なる君は
いつも寂しそうだった

だが内には　激しい闘志を
燃やし続けていた

生きるとは　すばらしい事だ
今はハッキリとは分からなくても
そのことが分かる時がきっと来る
人生の真実に目覚める時が
大いなる時が
超人の時が

自己を見つめ
自分と闘い
自分に勝利した時
君は　人生の王者になるのだ
自由の王冠を戴《いただ》く絶対王者に
相対王者ではなく　絶対王者に

クレオパトラのように
キリストのように　釈迦のように

著者プロフィール
湯浅 洋一（ゆあさ よういち）
1948年２月４日鳥取市で生まれ、１歳の時より京都市で育つ。京都府立桂高等学校を経て京都大学法学部卒。卒業後、父の下で税理士を開業し、60歳で廃業するまで税法実務に専念。のち、大津市に転居し、執筆活動に入る。
著書に、『普段着の哲学』（2019年、文芸社）がある。

仕事着の哲学

2020年６月15日　初版第１刷発行

著　者　湯浅 洋一
発行者　瓜谷 綱延
発行所　株式会社文芸社
〒160-0022 東京都新宿区新宿１－10－１
電話 03-5369-3060（代表）
03-5369-2299（販売）

印刷所　株式会社フクイン

ISBN978-4-286-21680-5